THE WIZENARD SERIES : TRAINING CAMP
巫兹纳德系列:训练营

款爷

[美]科比·布莱恩特　创作

[美]韦斯利·金　执笔

杜　巩　王丽媛　林子诚　译

中国·北京

目录

1. 新面孔 / *001*

如果我们沉湎于懊悔,
就会把过去变成我们的未来。

———

2. 承诺 / *013*

我们对不同的事物感到恐惧,
只因我们认为它们会让我们渺小。

———

3. 雏菊 / *029*

胜利首先源自内心。

———

4. 猛兽 / *045*

如果为别人对自己的看法担忧,
你对自己看得还不透彻。

———

5. 内心的猛虎 / *061*

勇气意味着可以对事情恐惧,
但依然要坚定地走下去。

———

6. 暗室 / *073*

直到你真正感觉无能为力时，
你才会对自己的力量有所了解。

―――――――――

7. 关键球 / *089*

如果你认为有人完美无缺，
就错过了帮助他们的机会。

―――――――――

8. 聚光灯 / *101*

带着目标醒来，
还是在漫无目的中睡去？

―――――――――

9. 波堕姆的大个子 / *117*

不要让你对欲望的渴求，
取代你对任何事物的感激。

―――――――――

10. 西波堕姆狼獾队 / *129*

如果你想变得更强，
就要扶起需要被扶起的人。

―――――――――

新面孔

如果我们沉湎于懊悔,
就会把过去变成我们的未来。

 巫兹纳德箴言

第一章 新面孔 | CHAPTER ONE: THE NEW FACE

有那么一瞬间，德文竟然疯狂地想要逃跑。

球馆的大门开着，但他不用非得走进去。他还是可以回家；还是可以走出这栋被太阳暴晒、残缺破败的建筑；还是可以跃过倒塌的围栏，穿过杂草丛生的车道，跑过盖着蛇皮一样的黑色瓦片、砖头破碎成灰的房子，在这望不到尽头的迷宫里，回到属于自己的家。

在那里，他更安全，不用再面对这个世界。

"但这不就是关键吗？一切重新开始。"德文心想。

弗雷迪转过身，示意德文跟着自己。德文停住脚步，最后看了一眼停车场外的路，然后走进球馆。

潮湿的空气混杂着尘土，笼罩在德文身上。他想要呼吸，却感到空气中的颗粒黏在喉咙上，胃里一阵翻腾，好像快要沉到地面，落在自己雪白的球鞋旁边。

"我到底在想什么？"这是他那天早晨第一百次拷问自己。

他一直认为自己需要改变。这想法事出有因。

他坐在卧室，看着自己的书本，还有墙上贴着的DBL联赛职业球员的海报，心里想着："我也可以。"但这毕竟是在家里，在晚上，他独自一人的时候。

当到了早上，他不得不钻进车里，情况就不一样了。

"到了，小伙子，"弗雷迪高兴地说，"费尔伍德社区中心球馆。"

德文没怎么看球馆，而是专注地观察里面的球员，他们正在热身，欢笑，一起打球。德文试着冷静下来，但耳边只能听到自己心怦怦跳的声音。

他冷静不下来。

奶奶和他讲过，和球队见面，可能是一次"令人焦虑的体验"。但奶奶可没说，"焦虑的体验"意味着呼吸困难，他的胸腔仿佛被钳子卡住，刚吃的早饭又反胃上来。

"孩子们！"弗雷迪说，"大家都在呢？过来。给大家介绍一下德文。"

德文眼看着大家走到自己身边。

几个星期之前，弗雷迪给过他一张球队合影，标注了每个人的名字和绰号，德文一直在仔细研究。

眼下，他把眼前的面孔和照片一一对应。明星球员雨神从头到脚打量着自己，德文感觉自己像是一匹等待拍卖的马。这让他喉咙发紧。

"你好啊，大个子。"雨神说。

德文知道，自己出于礼貌，应该说句话。为了这一刻，他已经练习了好几小时，但眼下都忘记了。他已经好久没和这么多陌生人面对面了。应该有好多年了。

"还行吧。"德文说。他的声音听起来像是在呜咽,音量小得连自己都听不清。

"大点声啊,哥们儿!"壮翰说。

德文感觉脸颊火辣辣地烫。他本来不需要做这些事情的。

"他不爱说话,"弗雷迪说,"但他个子高啊。"

泡椒哼了一声:"我们都看出来了,他看着就像克莱兹代尔,又高又壮。"

德文畏缩了,希望没人注意到自己。他听见大家对自己颇有微词,把自己和动物、暴徒、危险联系在一起,他想把耳朵堵上。

德文心跳的声音很大。其他人难道没有听到?

"你是哪里人?"拉布问,"我之前在学校没见过你。按说不应该啊。"

德文吸了口气,逼迫自己上下嘴唇移动。"在家里读书。"

"在家里读书!"泡椒说,"够酷的。我爸在放学后都不想让我待在家里。"

壮翰笑了:"谁又能说这不好呢?这家伙就在家里,练出了我从没见过的大块肌肉。"

德文不自然地揉揉胳膊。他从小块头就大,但肌肉是最近几年才长起来的。

在家里,他和父亲一起在地下室锻炼。除了车库外面的旧篮筐,只有地下室才能让他的精力得到真正释放。

弗雷迪咧开嘴笑了:"他可不是来念诗的,孩子们。德文的位置是前锋,也会是个好的防守人。哪儿有需要,他就去哪儿。他会和竹竿配合得很好。"

德文一直低着头,心里希望大家别再聊自己了。他只需要把今天熬过去，然后回家告诉父母和奶奶，他干不了。家里人肯定很失望，但德文知道，家人希望他退出。

德文自己也想退出。但他隐约感觉计划会落空。

来到这里，你要寻找什么？

那声音低沉而深远。

德文的视线在屋子里快速扫过。看上去没人说话，那声音听上去也不是普通的声音，只是在他脑子里出现。但德文知道，这声音不是自己的。

灯光忽然一闪，整个球馆随即陷入黑暗。

德文看见球馆大门大开，冷空气随即涌入。他转身背向空旷的走廊，用胳膊挡住脸。

有什么东西出现了——一个巨大的轮廓挡住球馆外的阳光，眼前的景象如同日食一般。风停了，那个东西走进球馆。

那是个身形巨大的人。他穿着全套西服，皮鞋闪闪发亮，戴着红色的领结。但无论是身上的西服，还是本身的体格，都不如他的眼睛古怪。他的眼睛闪着绿光，眼神尖锐，像一对探照灯一样来回移动，落在球馆里每个人身上。

大家都愣住了。

他的目光落在德文身上，绿色的眼睛闪了一下，突然变得无比明亮。

那个低沉的声音又出现了。

"谁建造了牢笼？"那个声音在德文内心说道，好似一声雷鸣。

德文想都没想就直往后退，差点儿绊倒在弗雷迪身上。

第一章 新面孔 | CHAPTER ONE: THE NEW FACE

德文知道，这声音来自眼前这位如铁塔一般的男人，没有疑问。这让德文更害怕了。

"你来早了……"弗雷迪说。

"迟到或早到，只取决于你怎么看。"

巫兹纳德声音洪亮，收放自如——每个字都掷地有声，听起来如同世间最重要的事情。这声音几乎能把人催眠。

德文眼看着陌生的教练走近自己。教练比德文高出很多，双脚好像悬空在地上。

球队聚集在球场中圈，德文闻到一股……咸味？他大口呼吸，疑惑不解。当地的市场每次进了货，德文的奶奶就会买些贻贝给德文吃。

波堕姆距离海边很远，运过来的贻贝不算新鲜，大多已经干枯，奶奶一般会烧一锅盐水，把贻贝煮熟。

这咸味让德文想起了从前的贻贝，但不知怎的味道更加新鲜了，好像被一阵冷风吹来。

德文眨了眨眼。他之前就有做白日梦的习惯，眼下，他意识到自己又在胡思乱想了。

那个叫罗拉比·巫兹纳德的人自我介绍了一下，随即支走了弗雷迪。

弗雷迪等了一会儿，就离开了球馆。

德文有些疑惑。弗雷迪曾经派头十足地告诉德文，说自己在狼獾队说了算。很明显，他忘记把这件事告诉主教练了。

球馆突然一片寂静，德文对此很不适应。

家里总是叮当作响，奶奶负责做饭，也给德文上课；父母在外面打工；小妹妹柯雅喜欢假装对着外星人开枪。但眼下只有一片死寂，甚至连一声呼吸都没有。

巫兹纳德一个字也没说，从西服外套口袋里拿出一张纸。

"每个人都要在这上面签名，然后才能继续。"巫兹纳德说。

第一章 新面孔 | CHAPTER ONE: THE NEW FACE

轮到德文了,他拿过纸,从头读起来:

"格拉纳王国。"这个名字唤起了一段回忆,一段模糊、不完整的回忆……一段德文小时候经历的对话,或许又是一段书里的故事。

德文读过很多魔幻故事,最喜欢有骑士、城堡的章节。眼下,这一切看上去都可能成真了。

德文意识到大家都在看着自己,巫兹纳德也不例外。他快速在横线上签好了名字,然后加入队伍。

竹竿是最后一个签名的人。他把合同交还给巫兹纳德,合同立刻消失了。

"什么……哪去了……怎么做到的……?"竹竿喃喃自语道。

德文盯着巫兹纳德空空如也的手,目瞪口呆,但巫兹纳德看上去好像什么事都没发生过。

教练打开背包,开始找东西,手越掏越深,大半条长胳膊都伸进包里。

"找到了。"巫兹纳德说。

他把一个篮球扔向壮翰。篮球打在壮翰脸颊上,发出啪的一响。

巫兹纳德又扔出来 4 颗篮球。德文只看见橙色的光影一闪,一颗篮球便嗖地飞向额头,距离额头仅剩几厘米。德文接住球,眼睛睁得老大。

球馆里坐满了人,大概有好几百个,把看台和球场挤得严严实实,肩膀挨着肩膀,彼此靠得更近了。

人群里有老有少,贫富各异。好像整个波堕姆的人都来了,把球馆团团围住,眼神犀利。

"他太危险了!"一个人喊道。

"把他送回家吧!"

"别让他接近我的队员!"

"孩子,离开这儿吧!"

德文转过身,脸羞得通红。他知道这一天会到来。

他知道大家不想让他留在这里。

"走吧,你个怪咖!"一个还不到6岁的小女孩说。

德文恐惧地转个不停,看着人们步步逼近,残忍的批评声越来越大。

他们看上去马上就要动用暴力。德文握紧拳头,随时准备保护自己。但这些暴徒人数太多了,肯定会杀了自己。

德文放下拳头,等待人群到来。他不会再打架了。

德文看见一个人远远站在人群之外,安静地注视着一切。那个人是罗拉比·巫兹纳德。

人群突然陷入了沉寂。

"嗯,"教练说,"很有意思。今天就到这儿吧。我们明天见。"

人群离开了球馆,只有球队留下了。

德文感觉膝盖都软了。这些人去哪儿了?他心跳得厉害,不停环顾四周,寻找人群的踪迹。但身边只有球队队友。

巫兹纳德正走向球馆大门。

"明天什么时间见?"泡椒追在身后问道。

巫兹纳德继续走着,走到大门旁边,门被另一阵狂风吹开。巫兹纳德走出大门,大门好像城堡大门一样重重地关上。

"球我们还能留着吗?"泡椒喊道。

他在巫兹纳德身后追了上去,把门推开。

"什么……教授呢?"

巫兹纳德已经走了。

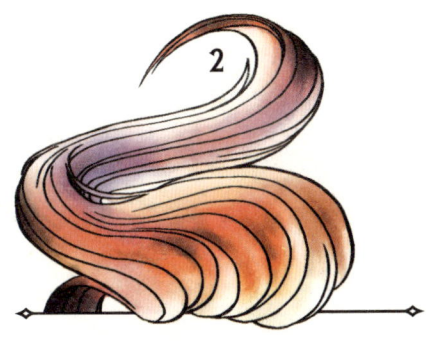

承 诺

我们对不同的事物感到恐惧，
只因我们认为它们会让我们渺小。

◆ 巫兹纳德箴言 ◆

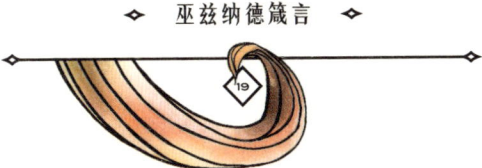

第二章 承诺 | CHAPTER TWO: A PROMISE

"你确定不想让我陪你进去吗?"德文的奶奶在身后叫住他,身子从驾驶座窗户探出来,眼睛盯着球馆。奶奶和德文家族其他成员一样,身材又高又壮。虽然已经七十岁高龄,但眼角最近才长出皱纹。"我想去见见这个叫罗里·波里的家伙!"

德文转过身,忍不住叹气:"不要了,奶奶。你的好意我心领了。还有,他叫罗-拉-比。"

"不都一样吗!去多交点儿朋友,"奶奶说着,冲德文摇了摇手指,"多开口说话!"

"我会的。"

"你别骗人了,"奶奶挖苦德文,"你以为我是3岁小孩吗?"

"当然不是……"

"哦,所以我现在老了,是吗?"奶奶说着,指向球馆,"进去打球吧。"

"没问题啊……"

"多进点球!"

奶奶开车走了，纤细的双手死死地抓住方向盘。德文的妹妹柯雅坐在后座，戴着一顶伤痕累累的《太空旅行者》玩具头盔——每次离开家里，她一定会戴着这顶头盔，声称"永远不知道外星人什么时候来"。车子从停车位倒出来时，她用手比画着一把激光枪，向德文发射。德文回报以满面笑容。毕竟，他是大哥哥。车子开走了，车尾喷出浓烟，声音听上去像是车轴随时可能断掉。而德文的勇气，也随之烟消云散了。

昨天从球馆出来时，德文曾经告诉自己，不会再回来了。在家里时，尽管看上去很失望，但父母还是对他说，退出与否由他自己来定。但眼下，他就在球馆门口。他决定坚守承诺：坚持10天。用10天时间，试着再次做一个快乐的、正常的孩子。

"承诺让自己变正常，是再正常不过的事情了。"他闷闷不乐地想。

这一切始于弗雷迪。弗雷迪看见德文和父亲在街头打球，于是停下车，立刻问德文想不想加入狼獾队。德文已经4年没有参加过正规体育运动了，也有4年没和其他孩子一起玩了。但他答应了。德文知道，家人希望他从家里走出去。很久以来，家里人一直想把德文送回学校，送去球队，甚至只是让他出门交个朋友。父亲在家里修了个篮筐，好让德文邀请朋友来打篮球。母亲想让儿子陪自己散步，地点总是球场、学校，或是邻居家里。奶奶负责德文在家里的学习，但她总是对德文说，自己没办法教他怎么再做一个小孩。

为了家人，德文决定给自己一次机会。他做出了承诺。

"不用开口讲话，"他对自己说，"只管打篮球就行了，没什么大不了的。"

第二章 承诺 | CHAPTER TWO: A PROMISE

德文拉开咯吱作响的双扇门，走进费尔伍德社区中心球馆。今天早上比昨天更冷一点，太阳藏在一缕缕云朵后面，但气温的下降对费尔伍德球馆似乎没什么影响。这里有自己独立的小生态，潮湿的空气让人喘不过气。大门在德文身后关上，发出巨大的声响，门框好像要从墙上分离开来。老旧的球馆哼了一声，又气呼呼地恢复了平静。

德文觉得自己听到一个坏脾气的声音："回来了？你个老流氓，让我输了 10 美元。现在是不是应该给我找个拖把？"

德文四下看看，皱起眉头。这声音和昨天的不一样……声音苍老又刺耳。

"你为什么回来？"那个声音继续说道，"这年头的孩子，打球还不挣钱。"

大多数新队友已经开始投篮练习了。德文回顾了一下他们的绰号——感觉上每个人除了正常的名字之外，都有个绰号。德文很好奇自己的绰号会是什么——怪胎、巨人、公牛。这些他已经被叫过了。

德文走向板凳席，没人和他说话。德文盯着自己 14 码[1]的大脚，走到板凳席坐下，眼神盯着球馆里的看台。看台沿着墙壁向四周延伸，像老式的金属手风琴。看台有 10 排座位，被 3 条狭窄的过道隔开。边上的栏杆破了几处，可怜地挂着。德文想象着看台上坐满观众会是什么样子。人们一定会盯着自己，议论纷纷，指手画脚，大声嘲笑。

又或许，只是害怕。

---

1 美制鞋码，相当于中国男鞋 47 码。——译者注

德文从粗呢背包里拿出新球鞋。背包是父亲的——在此之前是爷爷的。德文慢慢地穿上球鞋,近乎钟爱地穿着。这是他的父母为了这次训练营给他买的。新鞋周身雪白,崭新无比。他和父母讲了一百遍,说根本没必要买新鞋,但他们对儿子要加入新的球队无比兴奋,坚持买下鞋子。就连以节俭闻名的奶奶,这次也批准了。

德文试着不去想这双鞋的价格,几乎要花家里一个月的房租。父母得加班加点,才能付得起买球鞋的钱。母亲在波堕姆唯一一家医院当护士,父亲在一家采砾场做工资管理员,虽然在波堕姆都是不错的工作,但生活还是很艰辛。如果德文退出球队,父母的努力就全浪费了。不管回到球队有多难,德文都不会允许半途而废这种事情发生。

雨神俯身坐下,看了一眼德文:"你好啊,哥们儿。"

德文停住了。上次雨神问他话时,他回答得不是很好。

"挺好。"他决定回答得尽量简短。

雨神叹了口气,开始系鞋带:"挺好就好。"

德文赶紧离开板凳席,不然还得被迫和其他人说话。巫兹纳德昨天给的球,此刻还放在德文包里,但他根本没管。首先,他不想看到更多幻象,这风险他承受不来。更重要的,他不想在大家面前投篮。

德文的进攻非常糟糕,但目前为止还没人知道。他想尽可能保守这个秘密。德文一直在练习进攻,但似乎就是没办法练好投篮。

德文开始沿底线跑步,甩着胳膊放松身体。他观察着其他人热身,看着雨神一个接一个命中跳投。德文尝试着把看到的一切

第二章 承诺 | CHAPTER TWO: A PROMISE

记下来,看看雨神的身体如何流畅运转,每个关节、每块肌肉都无比和谐。他仿佛看到一条清晰的弧线,从雨神的脚踝划出,延伸到篮筐。

而德文呢?每次跳投,总感觉动作笨拙失控,身体异常笨重。

身体是内心的写照。

德文退了几步,四下张望。"巫兹纳德教授?"他轻声说道。

"或者他可能已经来了。"

低沉的声音响彻费尔伍德球馆,德文吓了一跳。他转身面向看台,看见巫兹纳德正坐在那里,吃着一个苹果。巫兹纳德和昨天看上去很像。准确说,不是很像,是一模一样。他穿着一样的条纹西装,戴着一样的深红色领结,穿着一样锃亮的皮鞋。

巫兹纳德走到球场中圈,速度快得好像滑行:"把球放一边去。"

德文手里没有球,于是径直走向巫兹纳德。其他人则纷纷冲向各自的背包。

"你回来了。"巫兹纳德说道,眼神落在德文身上。

德文声音僵硬:"我……我回来了。"

"我赌赢了。你知道我最喜欢什么样的人吗?"

"嗯……不知道。"德文说。

"最喜欢信守诺言的人。"

德文盯着巫兹纳德,看着他的嘴巴一开一合,却听不到任何声音。巫兹纳德怎么可能知道德文自己的承诺?3天前,德文对着镜子,紧紧抓住洗手台,一个字一个字地说出承诺:"就试10天。"德文的父母对此一无所知。

这是个巧合吗?

"你能回来,我很高兴,"巫兹纳德笑着说,"还有9天。"

德文吓得脸色发白,张开嘴巴,又慢慢合上,轻轻点了点头。

不一会儿,狼獾队所有队员就在教练面前集合完毕。

"嗯……巫兹纳德教授?"竹竿说。

德文看看竹竿。竹竿个子很高,大概有6英尺5英寸(约1.96米),但身体比德文的手腕还要细,骨瘦嶙峋,脸颊坑坑洼洼,满是细小伤痕。他举起一只手,好像在教室上课时提问一样。

"嗯?"巫兹纳德说。

"我爸爸想知道,家长什么时候能过来见见您?"

巫兹纳德点点头:"试训之后,我就见你们的家长。"

德文看看巫兹纳德,一脸疑惑。试训?弗雷迪之前和他说过,只要能来训练,就自动加入球队。德文一直在担心能不能适应训练,但从来没考虑过还要先试训。如果因为进攻不合格,自己被裁掉,该怎么办?

自己肯定会被裁掉的,这对大家,包括对德文自己都好。一切都是个错误。想到有可能被踢出球队,德文竟然有一丝惊愕,甚至恐惧。这令他大吃一惊。

如果你真想待在笼子里,笼子会等你。

德文看向自己的高个子教练。那个声音肯定是他发出来的,毫无疑问。

"什么笼子?"他想。

你为自己建的笼子。你为什么要搭建笼子?

第二章 承诺 | CHAPTER TWO: A PROMISE

德文转过身来,双眼紧闭,脸颊通红。图像和声音侵入他的意识——看不见的火焰上,冒出一缕轻烟。但德文很快就把这念头从脑子里驱赶掉,塞进自己创造的箱子里上锁。这才是它们应该去的地方,隐藏到内心深处。

然后你也跟着进去了。

"我们先分组对抗。"巫兹纳德说。

德文试着掩饰自己的失望。他本希望能从身体训练开始,好在大家面前秀秀自己的运动能力。但现在,德文必须出手投篮,然后被大家嘲笑。要是训练营第二天自己就被裁了,该怎么办?如果大家笑话自己,该怎么办?

他看着其他人,感觉喉头发紧。他想清清嗓子,却咳嗽起来,看见有人在看自己,便羞红了脸。

就在昨晚,德文跟奶奶承认,自己在训练时很紧张……甚至感觉恶心。

奶奶说:"焦虑是能感觉出来的。它让骨头里感觉到阵阵凉意,越想让它离开,它待得越舒服。焦虑本身让人紧张,是种恶性循环。你外公就曾经这样。愿他的灵魂安息吧。而你自己,不要试图把焦虑赶走,让它就待在那里。如果你不在乎焦虑,它也不会跳出来。"

雨神尝试记住这一切。不在乎焦虑,只要好好打球。一个球一个球去打。

"你觉得自己很紧张吗?"一个暴躁的声音说道,"我要变成一套巨大的架子鼓了。"

德文四处看看,眉头紧皱。"建筑物不会说话。"他提醒自己。

"或者说，建筑物会说话，但人类从不听。"那个声音反驳道。

"今天我们用个不一样的球。"巫兹纳德说着，从背包深处掏出一颗篮球，"去年的首发球员对阵替补球员。德文和替补一队。"

德文试着回忆哪些是替补球员。他看见几个孩子上下打量自己，心想他们一定是替补一队的：雷吉、维恩、杰罗姆和壮翰。

竹竿和壮翰向前一步，准备跳球。德文对上阿墙。

"打球就好。"德文又想了一遍，试着让怦怦跳的心平静下来。

过去，他经常和父亲一起在街上打球。但来到正规的球场上，感觉完全不同。这里压力更大，留给自己思考的时间更少，身体接触更多，叫喊、冲撞更频繁。德文决定小心行事——他可不想训练营刚开始，就弄伤别人。

德文小心翼翼，滑步走向阿墙。阿墙有些驼背，梳着爆炸头，眼睛下面有点雀斑，正嚼着一根断掉的牙签。

"你就是新来的大前锋。"阿墙说着，眼睛审视着德文，"你挺高嘛。"

"啊……是啊。"德文说。

"我叫阿墙，"阿墙伸出一只手，说道，"大家叫我阿墙，是因为我爱发脾气。但只是打球时爱发脾气。从来不和队友发脾气。也不是从来不，可能有几次吧，但很少。你别介意啊。"

德文皱皱眉头，和阿墙握手："啊，我叫德文。我……真名就叫德文。"

"很棒啊。我记得之前认识一条狗，就叫德文。是条流浪狗，身上可能有跳蚤。"

德文盯着阿墙，心想他是不是在开玩笑。但阿墙看上去很认真。

第二章 承诺 | CHAPTER TWO: A PROMISE

"很棒啊。"德文轻轻说道。

"你们队先开球了,哥们儿。"阿墙说。

德文回过神来,看到维恩在运球。他冲向禁区,争得空位。阿墙在身后紧紧追赶。德文伸开双腿,摆好姿势,阿墙急忙落位,想把德文推出禁区。但德文纹丝不动。

"感觉就像推一堵墙,"阿墙嘟囔道,"我应该想到的。"

德文回头看看。阿墙的确是……非同一般。他看见汗珠从阿墙额头滴落,脸上也有了汗渍。德文任由自己被推出了禁区。他可不想让任何人紧张,或是恐惧。

"新来的,换防啊!"

德文转过身,看见壮翰朝自己跑过来,伸手示意让德文移动。德文快速跑到禁区另一侧,把这边腾空,避免撞到瘦弱的竹竿。阿墙急忙跟住德文,抓住他的胳膊,像狗绳一样紧紧拽住。

"我犯规不少,"阿墙淡淡地说,"你叫德文,对吧?你绰号可以叫'大墙'。"

"我……呃……为什么?"

阿墙扑哧一声笑了:"德文……强壮得像一堵墙。很难理解吗?嗯?"

雨神抢断成功,出手三分,但球偏得厉害。

德文继续在低位要位。球队的后卫——维恩、杰罗姆和雷吉在三分线外传导球。雷吉把球吊给德文。德文接到传球,向后瞥了瞥。阿墙退后几步,可能是忌惮德文的肘子。德文出手空间非常充裕。他转身面向篮筐,举起篮球,准备快速打板投篮得分。

"别着急,慢慢来。"德文的父亲总是这么说。但下一秒,德文通常会把球投丢。

他望向篮筐，试着收起手肘，双眼圆睁。

篮筐突然变得和硬币一样大。篮板、篮球还是正常大小，但篮筐却缩小了好多倍，德文的食指都穿不过去。他盯着迷你球网，疑惑不解。想要把球投进篮筐根本不可能。

德文没办法，只能转过身，把球回传给维恩。

"投篮啊，大个子！"维恩气愤地叫道。

德文刚想指指篮筐，让维恩看看篮筐有多小，却发现篮筐变回了正常大小。刚才那个小篮筐，是他臆想出来的吗？德文挠挠头。

"没错，"那个粗暴的声音说道，"你个疯子，还是做些打扫卫生的工作吧。"

"你是谁？"德文低声说道，

"我是你的良心。"那个声音讽刺地说，"别踩我了，你这个笨蛋。"

接下来的比赛，情况并没有好转。德文很快意识到，每个人的动作都很奇怪……或者说，大家篮球打得很糟糕。阿墙一直在摸某种看不到的东西；雷吉在某一刻开始哭了，德文可以确定。德文发现自己面前的篮筐总是迷你尺寸，手里的篮球却是正常大小。再加上他不愿意和其他人相撞，也不愿意争抢篮板，他在场上几乎没什么用。德文不愿出手投篮，这也激怒了球队的控球后卫维恩。维恩大声喊道，"投篮啊，哥们儿""你干什么呢，大个子"，或是"你完全空出来了"。

一次，维恩跑过德文身边，脸上怒气冲冲。

"你加入球队，就一分不得？"他大声吼道，"投篮啊，哥们儿！"

第二章 承诺 | CHAPTER TWO: A PROMISE

德文不知道该说些什么。对他来说,维恩传递的信息很清晰:球队不想留你。德文对此一清二楚。他想赶紧离开球馆,此刻却在不停奔跑,移动,一个球也不投。

那一边,雨神看上去正在尝试某种慢动作战术。巫兹纳德走上球场。有关刚才这场糟糕的分组对抗,他一个字都没说。

"今天的训练就到这儿吧。"

"我们什么基础动作都不练吗?"泡椒一脸疑惑地问。

巫兹纳德貌似没听见泡椒说话。他把球放回背包,坐在看台上,看看怀表。德文听到一声震耳欲聋的巨响。他转身看向对面的墙壁。一阵冷风呼啸着吹过来,吹开更衣室的大门。风突然停了,大门猛地关上了。

"哪儿来的风……怎么会吹起来的……?"壮翰说道,声音听上去很微弱。

德文转身看向看台。

再一次,罗拉比·巫兹纳德消失了。

"他从来不说再见,"那个坏脾气的声音说道,"真是粗鲁。"

德文揉揉太阳穴,走向自己的背包,回想着这世界是不是一直都如此荒谬。显然,他独处的时间有些太长了。他怀疑自己刚刚看到的、听到的一切,是否也是因为焦虑。或许奶奶知道原因吧。

他坐在板凳上,把自己老旧、粗糙的背包从地上拿起来。买完新球鞋,家里人没钱再给德文换背包了,但他不在乎——这让他想起了奶奶。德文皱皱眉头。一张卡片就放在背包上——蓝白相间,上面写着一个大写的W,还有一串数字。巫兹纳德给自己留了联系方式。德文把名片塞进背包。至少,奶奶看到会很高兴。

"所以，"泡椒说着，挨着德文坐下，"新来的家伙，在家里上学，大号球手。"

"你不会要开始说唱了吧？"坐在泡椒对面的拉布问道。

"等下也许会，"泡椒说，"就是想多了解了解新来的家伙。举个例子，我注意到你不喜欢投篮，不喜欢抢篮板或者与别人对抗。但偏偏你又长得这么高大强壮。我有点搞不太明白。"

德文勉强挤出一丝笑容："我……我只是还在适应球队罢了。"

"我理解，"泡椒说，"就像我运球还可以，但今天特别奇怪。老兄，你这么大个儿，至少得给我展现点你该有的样子才行啊。你壮得像一头牛，一个箱子，一杆大烟枪……"

"请快别说了。"拉布嘟囔道。

"我弟弟可没有我的天赋。"泡椒说道，大声叹了口气。

维恩挂了电话。

"就是一段录音，说这个号码仅限家长打过来，然后又说'晚安，维恩'，听起来怪瘆人的。"

"教练是个女巫。"壮翰说。

大家开始喋喋不休地争论，泡椒拍了拍德文的膝盖。

"明天见了，哥们儿。给对手来点对抗试试，好吧？只要不是朝着我就行，我很文明的。"

德文不假思索地笑了。泡椒冲他微微一笑，也加入大家的争论。

"你看见他脸上有肉瘤了吗？"他说，"女巫也不穿西装啊，笨蛋。"

"你认识几个女巫？"壮翰反驳道。

"呃……我们可认识你妈妈……"

第二章 承诺 | CHAPTER TWO: A PROMISE

壮翰追着泡椒跑，泡椒大笑着跑开了。德文看着他们绕着球馆奔跑，又笑出了声。或许，球队还能给自己1天机会。

3
雏菊

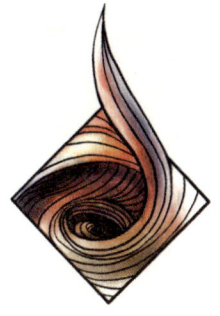

胜利首先源自内心。

巫兹纳德箴言

第三章 雏菊 | CHAPTER THREE: THE DAISY

"你得听巫兹纳德的话,"奶奶说着,又摇了摇手指,"别跟他顶嘴。"

德文叹叹气,一条腿从车门甩出来。昨天晚上,奶奶打了巫兹纳德给的电话号码,握着电话打了近半小时,好像和童年最好的朋友重新取得了联系。在那之后,她对任何愿意听她讲话的人说,罗拉比·巫兹纳德是个"福音"。除此之外,她什么都没说。

"我什么时候顶过嘴?"德文说着,关上了车门。

"别逼我讽刺挖苦你啊。"奶奶说道。

后座上的妹妹柯雅从车窗探出身子,手指比画出枪的样子,指向德文:"砰、砰、砰……"

"别对着人开枪了!"奶奶喊道,"孙女,我这就把你送到外太空去。"

"好啊。"柯雅说。

奶奶摩挲着鼻梁:"我应该退休了。放轻松!"

奶奶开车走了,留下在停车场向她们招手的德文。车子驶上道路，发出刺耳的叫声，好不容易才开稳。德文家里只有这一辆车，车子留给奶奶应急用，父母上班都坐公交，天不亮就得起床，天黑才能回家，但他俩从没抱怨过。

他低头看见一只滚动的纸袋子，便踢了一脚。德文一直在波堕姆生活，但活动半径始终局限在家附近，都快忘了街道有多破败。

德文拉开咯吱作响的大门，走进球馆。他没看见巫兹纳德，只瞧见几个人已经到了板凳席，正做着准备。他们是雷吉、泡椒、拉布和维恩。

"你好啊，大个子。"泡椒说道。

德文点了点头，坐了下来。

"不太爱说话。"泡椒说，好像在和其他人解释。

"我们都注意到了。"维恩嘟囔道。

德文忙着在包里找东西，假装没听见大家说话。他穿上球鞋，开始在球馆里走动，对大家的对话不理不睬。奶奶总是能把自己从白日梦中叫醒。她是个严厉的老师，德文也从来没有暑假。这次给德文10天假期，也是想让他出去交朋友。家里的每个人，都希望德文成为那天之前的孩子，都想让他忘掉过去发生的事情。但德文就是没办法像正常孩子一样和大家交流。因为他不正常。

变得正常——一个看似平常，却又不可能完成的目标。

德文在心里叹了口气。他放松身体，走回板凳席，俯身坐下。德文手里当然有球，但其他人好像都在说话。他不可能让大家看着自己一个人投篮。于是他只是坐在那里，双手放在腿上，听着大家聊巫兹纳德。

"这可是魔法啊，兄弟们。"壮翰说。

"世界上可没有什么魔法。"拉布回复道,转了转眼珠。

"真的吗?"一个低沉的声音在身后问道。

像有人掀翻了板凳席一样,整支球队,包括德文在内,都不由自主地向前摔倒在地,喊叫声不绝于耳。德文使劲拍拍脸颊,上下牙直打颤。

"如果你不相信有魔法,"巫兹纳德严肃地说,"还得多体验体验。"

德文揉着自己疼痛的下巴。其他人还在痛苦地呻吟。

"我们先跑圈。"巫兹纳德宣布。

球队挣扎着站起身来,开始跑圈。大家速度很慢,但德文注意到,一些球员跑了几圈就筋疲力尽了。壮翰已是步履蹒跚。德文不知道前几个赛季,球队有没有做过任何有氧训练,不过看上去不太像。

"你觉得我们得跑多少圈?"维恩问道。

"我不知道,"杰罗姆嘟囔道,"可能得跑一天吧。"

"你可别说了。"壮翰喘着粗气说道。

跑到第五圈,巫兹纳德又开了口。

"大家来罚球吧,每人投一次。只要投进,大家今天就不用跑了。要是没投进,全队就多跑5圈。"

德文感觉如鲠在喉。自己要不要投篮?他罚球很烂。即便是在家里投旧篮筐,他的命中率也只有9%,这是他父亲估计的结果,说是一定创下了什么纪录。

"我来吧。"泡椒说着,径直走向罚球线。

绝大多数队员都已经筋疲力尽了,便也没有抱怨什么。德文吃惊地看看周围——为什么大家看起来状态都这么差?他们真的能打完一整场比赛吗?

泡椒从巫兹纳德手中接过球,站上罚球线,动作慢得夸张。他运了几下球,深吸一口气,抬起头,突然定住了。

他看上去很迷茫,不停在巫兹纳德和篮筐之间看来看去,嘴里嘟囔着什么东西。

最终,泡椒俯身蹲下,把球用力投出。篮球高高飞过篮网,飞出了边线。

德文看着眼前的一切,难以置信。刚才的投篮比自己的水平还要糟糕。这样看来,他也许能融入球队。

"再跑5圈。"巫兹纳德说。

德文还没反应过来,就感觉自己失去平衡,像是被狠狠地拽了一把。整个球馆突然倾斜起来,德文赶紧蹲下。球馆内像是隆起一座木地板做成的陡峭山坡,所有队员都站在山脚下,远端的墙壁如今就在头顶。德文眨了眨眼,不敢相信眼前的一切。但那山坡依然存在。

"我觉得自己拉到了什么东西。"那个讨人厌的声音又回来了,"可能是左侧的支撑杆。"

"还有其他人看见这个了吗?"杰罗姆低声说道。

"开始。"巫兹纳德说。

大家停顿了一下,竹竿开始爬山。球队没有其他选择,只能步履艰难地跟在后面。德文每一步都要向前倾身,手指紧紧抓住地板,双脚向上迈出八字步,避免滑倒。等大家爬到了顶,德文转身面向底线,准备开始爬。球队再次聚成一团。地板如今改成向下倾斜,陡峭而光滑。

"我跟你说过吧,他就是个巫师。"壮翰说道。

第三章 雏菊 | CHAPTER THREE: THE DAISY

"我接受批评。"泡椒承认道。

德文拖着脚步走着,发现自己面前出现了陡峭的楼梯。整个地板变成巨大的楼梯,一直通向远端墙壁。

巫兹纳德在楼梯中间站着,看上去对球馆的变化并不在意。球队又一次陷入争吵,但德文已经开始了行动。他爬上楼梯,超过了一个又一个队友。

汗珠一串串掉在地上,闪烁着动人的光泽。德文感觉到,自己的烦恼随着汗水在流逝。

"帮点儿忙啊,大个子!"泡椒说道。

泡椒抓紧台阶的一边,马上就要滑倒。德文把泡椒拉了起来。

"要不是我就要尿裤子了,我肯定跟你击掌。"泡椒嘟囔道。

德文笑着继续攀爬。

下一轮,球馆变成了峡谷,德文悄悄地走下峡谷,然后全力冲向另一边,跟在竹竿身后。他保持在第二名的位置,不想跑在最前面。他跳过坑洞,跨过障碍,享受着疲惫的快感。

球队停了下来,继续罚球。德文有些失望,但不需要等待很久——雨神投丢了罚球,冲着巫兹纳德大声尖叫,然后冲进了卫生间。

很显然,雨神不喜欢投丢球的感觉。但到目前为止,他可没少投丢。

"大家,喝点儿水吧,"巫兹纳德说,"稍后我们再跑圈。"

德文喝了一大口,瓶里的水都快见底了。他俯身跪下,一只手放在地板上。摸上去感觉像是普通的地板,但这不可能。这里是什么地方?一切都是怎么发生的?

他敢去找人问问吗?德文看向竹竿,话已经到了嗓子眼。他轻轻咳嗽了一下，鼓起所有勇气。这次是个不错的练习机会，一个问题，就结束了。

"那些地板……在动，是吧？"德文问道。

"是吧。"竹竿说道。

德文看向一边，不想盯着竹竿脸颊上的青春痘看。

"我就问问。"

德文没有继续说下去，而是感到一阵窃喜。他向其他人问了个问题，从某种意义上来说，甚至要开始交谈了。

几年以来，除了妹妹，竹竿是和自己说过话的第一个孩子。奶奶一定会非常自豪。

德文脑袋一扬，喝干了瓶里的水。会魔法的教练，能变形的球馆，和他人小型的对话。德文思考着这一切，有些忙不过来了。

雨神走出更衣室，回到板凳席，看上去还是有些恍惚。训练继续，德文表现依旧出色，紧紧跟在第一名后面。

跑了大概 30 圈之后，雷吉终于投进罚球。大多数球员看上去快要散架了。

"你平时也做有氧训练吗？"泡椒抹了一把脸上的汗水，对德文说道，"大个子，你能把我和我弟弟都举起来，还能围着我俩跑圈。而我呢，我只能把三明治举到脸前面。"

他拍拍自己的肚子，悲伤地说道："你觉得我能向你借几块腹肌吗？"

德文笑了。不知为什么，泡椒让他觉得很放松。泡椒是球队身高最矮的球员，脑袋刚到德文胸口，身材有些胖，嘴上飘着 7 根胡子，随着笑容不停摆动。

"喝口水，休息休息吧，"巫兹纳德说，"大家把水壶拿过来。"

第三章 雏菊 | CHAPTER THREE: THE DAISY

大家围着巫兹纳德坐成一个圆。巫兹纳德把手伸进背包,掏出一盆花。德文张大了嘴。奶奶非常喜欢花,经常给自己看老花园的照片。花朵在波堕姆已经不再生长。没人知道原因是什么,奶奶总说是酸雨闹的,重工业蓬勃发展的那阵子,的确经常下酸雨。德文从来没见过真正的雏菊,他已经等不及要告诉奶奶了。

巫兹纳德没有给出任何指示,只是站在那里,专注地看着雏菊。德文在教练和雏菊之间看了看。也许大家就应该欣赏这朵花。德文很喜欢这花。

泡椒坐在德文身边,双腿伸到前方,一脸疑惑。

"我们拿这花干什么?"他问。

"这还不明显吗?"巫兹纳德回答道。

泡椒看了一会儿雏菊,试图找到答案:"不知道。"

"我们要看着它长大。"

"为什么?"拉布难以置信地问。

"正是这些微小的、几乎无法察觉的事情,决定了成功或是失败。"

德文思考着这句话的含义。他一直习惯发呆,所以觉得自己可能很擅长盯着雏菊看。德文侧了侧身,放松下来。花朵看上去并没有动,但德文注视着花瓣,双手放在膝盖上,试着深呼吸。

奶奶教会自己,每当焦虑的时候,就要学会深呼吸,因为呼吸是恐慌的敌人。德文闭上眼睛,放松自己。

德文感觉有人正看着自己。他睁开双眼,发现巫兹纳德坐在花盆的对面,双腿交叉,双手放在膝盖上。其他人都不见了。

"你为什么参加训练营?"巫兹纳德问道。

德文警觉地四处看看,不知道自己是不是睡着了。

他犹豫了:"我……我不知道。"

"你知道。"

德文坐立不安。他知道,自己没有撒谎的必要了。

"我知道我父母想让我来试试,来……你知道的,来交朋友。"

"我不关心你父母想要什么。你自己想要什么?"

德文沉默了一会儿。自己想要什么?他不十分确定。当然,他想要很多东西,但眼下似乎只有一件事,一件能够把其他一切联系起来的事。

"我想不再这么害怕。"德文低声说。

"害怕什么?"

德文看向一边:"我都不知道自己在害怕什么。"

巫兹纳德出乎意料地笑了。"人们以为恐惧是特定的东西。比方说看见蜘蛛,站在高处,或者是当众讲话。但事实并不都是这样。有时候,恐惧只是黑暗本身。在这种情况下,只需要搞明白是谁关掉了灯,为什么关了灯,开关去哪儿了。"

"怎么才能做到?"德文低声说道。

"很简单。学会在黑暗中看清东西。"

其他人重新出现在球馆里。巫兹纳德把雏菊收进背包。

"把水壶放一边去吧,"他说,"今天还有一堂课。"

德文急忙跑向板凳席,眼睛瞥着巫兹纳德教授。刚才的对话,对他来说并不像是个梦。

图像的边缘没有模糊,回到现实的自己也并不感到疲倦。更像第一天看到的幻象。想起那段回忆,那些让人恐惧的脸,德文不禁打了个冷战。

第三章 雏菊 | CHAPTER THREE: THE DAISY

此时的巫兹纳德，正在准备一场障碍赛。他从包里接二连三地掏出东西，随意地扔在地上，它们却总能有序地排列。巫兹纳德不一会儿就把赛场组装完毕，又拿出 3 颗篮球，放在球场中央。

队员们在巫兹纳德面前紧张地站好。

"大家需要完成如下训练，"巫兹纳德说，"第一圈先从上篮开始，然后在另一端的肘区投篮。回来的时候，把球传给队伍里下一个人，下一个人接着开始。"

看上去很简单。德文不喜欢投篮，但至少大家都会很忙，也就没时间互相观察了。德文希望自己至少能命中一记上篮。但在大家开始之前，雨神突然大叫起来。

尖叫声此起彼伏。德文不知所措地转身，眼睛向下看去。他惯用的左手不见了，手腕的切面十分平整，好像从来没有长出过手。他用右手手指去摸，什么都感觉不到。左手完全消失了。

"发生了什么？"壮翰尖叫到，下巴在颤抖。

"为了训练平衡，"巫兹纳德说，"大家继续吧。"

"不！"拉布的叫喊声冲破天际，"这太过分了！"

他冲向板凳席，像是想起了什么事情，然后转身面向巫兹纳德，"快把我的手还给我，你个怪人做的好事！"

德文摸着光滑的手腕，震惊得无法思考。他不知道该怎么跟父母说，跟柯雅说。家里人一定会崩溃的。他能想象奶奶会做何反应："你还得做作业！"德文眉头紧皱。至少……其他三个人会感到很伤心吧。

"大家可以开始了吗？"巫兹纳德说。

大家沉默了好一会儿，雨神用左手拿起球，开始训练。德文茫然地看着自己消失的左手，加入了队伍。他用左手都没办法进攻，只用右手更是天方夜谭。

德文接到传球，笨拙地用单手运球，奔向篮筐。看上去德文像在用一根木棍，而不是身体的一部分在运球。更糟糕的还在后面。

德文运球上篮，篮球砸在篮板下沿。他运丢了4次球。尽管非常丢脸，他还是试着把球投向篮筐，球距离篮筐偏了足足10英寸（25.4厘米）。

德文的右手可不只是虚弱——根本就是没用。

终于，德文回到边线，把球传给雷吉，羞红了脸。他的表现比想象中更糟糕，没有一个上篮或者跳投，传球训练更是歪得离谱。

一小时，或许几小时过去了，内心的恼怒让德文的表现更糟了。他横冲直撞，怒气冲冲，投出不着边际的球。

又一次投篮三不沾之后，德文恼怒地摘下篮板，把球传向底线。至少，他尝试了。篮球飞向空中，砸在维恩的脑袋上，维恩摔倒在地。

德文呆住了。

他又看到了那一幕，感到胃里一阵翻腾。一个男孩在地上。人们在大喊大叫，哭泣。

"德文总是让人受伤，这就是他，一个傻大个子，他会一直这样下去。"

残酷的事实一条接一条，压得德文喘不过气来。他不应该在这里，永远也成不了一名狼獾队队员。

遗憾是自怨自艾的同义词。

第三章 雏菊 | CHAPTER THREE: THE DAISY

德文感到那声音中透着一丝愤怒。巫兹纳德怎么可能了解他的过去?

"这是事实。如果你了解我,就会知道。"

如果你了解自己,你也会知道。

德文看着巫兹纳德,身体在颤抖。他可以离开,可以忘掉整个愚蠢的想法。他不想面对过去,不想回忆起自己是谁。或许他的确有个牢笼,但待在牢笼里更安全。他可以把自己藏起来,度过这一切。

巫兹纳德绿色的眼睛转向德文,闪着微光,把德文定在那里。球馆消失了。

铁栏突然在德文面前升起,穿过地板,直插天花板,在德文头顶弯曲。

灯光不停闪烁。很快,球馆里只剩下铁笼、无尽的黑暗,以及橙色的光,如同火光一般。德文用剩下的一只手握住铁栏,极度恐慌。

"嘿!"他喊道,"巫兹纳德!有人吗!"

德文在笼子旁边找到一扇门,他跑向门,用力推,门上了锁。他找到锁头和钥匙孔,拼命想把锁头摇松,但锁头纹丝不动。德文被关起来了。

"放我出去!"他说。

黑暗在步步逼近,本就微弱的光更加暗淡了。德文疯狂地摇晃着围栏,试图冲破大门。他沉下肩膀,向大门冲刺,却被完全弹开,摔在地上。德文躺在地板上,肩膀擦伤,注视着黑暗。

"你为什么不问问狱卒?"巫兹纳德说。

此时此刻，巫兹纳德就站在门外。就在刚才，那个地方还空无一人。

德文挣扎着爬起来："巫兹纳德！求求你，让我出去吧。"

"谁说狱卒是我了？"巫兹纳德说。

德文听见什么东西在叮当作响。他低下头，看见短裤上挂着一把钥匙。德文把钥匙解下来，双手颤抖着捧起钥匙。"问问狱卒吧。"

"什么时候才能结束？"巫兹纳德问道。

随后，他就不见了。一同消失的还有笼子。

德文回到费尔伍德球馆。他转过身，看到球队在争个不停。训练看上去已经结束了。

德文站在那里，浑身颤抖，低头看着自己余下的右手。一切都如此真实。他还能感受到笼子铁栏冰冷的触感。

德文揉揉额头。这世界上不可能有魔法。这根本不可能。

"告诉他吧。"那个暴躁的声音说道。

"我没有在和球馆说话。"德文嘟囔着，走向板凳席。

"那就自言自语吧，"那个声音说道，"这样感觉就没那么疯狂了。"

德文回到板凳席坐下，眉头紧皱，过去的一天在脑海重现。他在一间不断变形的球馆里训练，盯着雏菊看，没了一只手，被关在笼子里，现在又在和球馆对话。

来到训练营，德文是为了寻找"正常"，但看起来太难了。

德文换好球鞋和衣服，独自走向大门。

即便身在球馆，他依然回想着笼子的事情，感觉自己几乎能够摸到冰冷的围栏。

第三章 雏菊 | CHAPTER THREE: THE DAISY

德文走到大门，又听见了那个暴躁的声音：

"你刚才做错了什么？"

德文停住了，手指放在门把手上。

"我离开了自己的笼子。"他低声说道，然后快步走出球馆。第一滴眼泪从眼睛里流了出来。

4 猛兽

如果为别人对自己的看法担忧，
你对自己看得还不透彻。

◆ 巫兹纳德箴言 ◆

第四章 猛兽 | CHAPTER FOUR: THE BEAST

　　德文举起左手，想要挥手告别，眼见仅剩的残肢，又犹豫了一下，然后笨拙地改用右手道别。奶奶向他挥挥手，开车回家。关于德文消失的左手，她一个字都没提。

　　一个老旧的纸袋子滚过德文脚面，滚向停车场角落的垃圾堆。垃圾堆在波堕姆随处可见，好像珊瑚礁慢慢在混凝土上展开一样。随着时间的推移，垃圾不断软化、腐烂，形成五颜六色的糊状物，味道更加难闻。

　　德文知道，只有波堕姆才有垃圾的问题。奶奶曾经告诉过他德伦其他地方的事情。奶奶的确去过波堕姆之外的地方——那时奶奶年龄还小，政府还没有颁布针对居民的禁令。奶奶甚至去过阿尔根。

　　阿尔根是最棒的地区，街道宽敞，一尘不染，树木林立。塔林总统就住在阿尔根。这里的一切和波堕姆截然不同。奶奶曾说过，塔林总统对波堕姆总是怀恨在心，但却从来没说过为什么。

　　对于德文来说，原因很明显——波堕姆就是个垃圾场。

德文走进球馆，又感到胃里一阵翻腾。自打进了训练营，每天晚上德文都告诉自己，第二天的训练会有所不同。自己要多开口说话，要和大家开玩笑。新队友反正也不了解自己，为什么不能当球队最搞笑、最聪明、最酷、最镇定的人？

德文可以成为任何他想要成为的，却选择了成为沉重、不安的自己。每天早上，他都要做重复的决定。他沉默不语，对世界恐惧不已。从一开始，他就一直是破碎、胆怯的大个子。

德文坐在板凳席末端，穿上球鞋，听大家说话。

大家的谈话，只会让德文感到更加孤独。

"兄弟，我敢说她肯定喜欢我。"

"我弟弟什么都不用做……你知道吗？一切家务都是我来做。"

"昨晚的精英赛都看了吗？波特手感太好了，三分都投疯了。"

那场比赛德文也看了——家里有台电视，每天德文回家，父亲都和他一起看球。德文想开口聊聊，但话到嘴边又咽了下去。就在这时，费尔伍德球馆的大门打开了，雨神和弗雷迪走了进来。德文能明显感觉到他们身上的不安。弗雷迪看上去随时要转身逃跑，双眼飞速旋转，像在找什么东西……不对，在找什么人。德文眉头紧皱：弗雷迪想要什么？

大家打过招呼，弗雷迪便直奔主题。

"雨神说，大家和巫兹纳德之间有些问题。"

德文的视线从雨神身上转向其他人，他明白了。他们要解雇巫兹纳德？听到弗雷迪的话，一些人看上去松了一口气，至少没那么苦恼了，但竹竿和雷吉看上去依然和德文一样焦虑不已。大家投过票吗？什么时候投的票？为什么没人问过他呢？

"因为大家不想让自己留在队里。"德文闷闷不乐地想。

"你曾经在这些球队打过球吗，弗雷迪？"

德文跳起来，转向北面的墙壁。巫兹纳德正盯着墙上的冠军旗帜。德文听见急促的呼吸、低声的咒骂，知道大家一定在听巫兹纳德说话。弗雷迪看上去头晕目眩，后退了一大步。

"怎么……从哪里……？"弗雷迪说。

"我猜你还是太年轻了，"巫兹纳德说，"已经好长时间了。有什么需要我帮忙的？"

"有事，"弗雷迪说，"我们能借一步说话吗？"

巫兹纳德走向球员，在距离弗雷迪数米的地方停住了。弗雷迪已是目瞪口呆。

"没必要，"巫兹纳德眼神扫过队员，说道，"有事就说吧。"

德文转向弗雷迪，但弗雷迪已经消失了。每个人都消失了。德文独自一人坐在那里。

"从小到大，我一直是大个子。"

德文吓得缩了一下，发现巫兹纳德就坐在板凳席上，紧挨着自己。

"我……我能想象得出来。"他说。

"不但个子高，肩膀也宽。很强壮。母亲说我像是大山的孩子。"

巫兹纳德笑了。这是德文第一次见到他笑。这让他的脸变得柔和了，脸颊上长长的伤疤卷曲起来，融化在他棕色的皮肤里，眼角也笑出了褶皱。

"我7岁时就能扣篮，"巫兹纳德继续说道，"8岁时就把篮网弄断了。"

"真棒啊。"德文说。

"我的成绩很突出。我总是问自己：练习力量的目的是什么？"

德文皱皱眉头："你的意思是？"

"如果我们比其他人更强壮、更富有、更聪明……为什么？我们该如何利用自己与他人的不同？"

"我……我不知道。我不觉得一定非要怎么利用吧。"

"啊，"巫兹纳德看了一眼德文，说道，"我不同意你的观点。我觉得一定要利用好。"

球队突然回来了，弗雷迪和巫兹纳德面对面站着。

"巫兹纳德将继续担任球队主教练，"弗雷迪轻声说道，"我……我非常期待新赛季的到来。"

说完，弗雷迪走出球馆。大门在身后关上，球队随即陷入一阵寂静。德文四下看看，察觉着队员的反应。

高兴的是巫兹纳德留了下来。虽然他的魔法让人紧张不安，但德文知道，自己需要帮助，而巫兹纳德能够提供帮助。

"今天主要练习防守。"巫兹纳德说，"但在教大家站位、防守策略之前，必须先告诉大家，如何成为一名防守者。这两堂课不是一回事。"

德文脑子飞速旋转，问题接踵而至，思路却突然被一个噪音干扰了。那是抓挠的声音，每隔几秒钟就刮擦一下，像钟声一样和谐。德文被噪声吓到胳膊上的汗毛都竖起来了。他四下看看，十分警惕。

"防守者必须具备怎样的素质？"巫兹纳德问道。

刮擦声越来越大了。德文看见竹竿正盯着更衣室的大门，便

第四章 猛兽 | CHAPTER FOUR: THE BEAST

也跟着望过去。大门正在颤抖，有什么东西在里面，很大的东西，想要拼命出来。有可能是只动物。

每个人都在说话，但德文只是呆呆地看着大门，满心好奇。

要时刻准备着。他们必须随时准备着。一名防守者必须永远比他的对手快一步，他们必须提前思考，提前策划战略。他们必须随时准备移动。

"那是什么声音？"雨神终于问道。

"谁能去把更衣室的门打开吗？"巫兹纳德说。

还没有搞明白声音来源的人，此刻纷纷转身面向更衣室大门。噪音仍在继续，爪子在门上不停抓挠。德文甚至能感觉到，自己紧张得牙咯吱作响。

"那里面有什么？"泡椒说。

"一个朋友。"巫兹纳德回复道。

没人往那扇大门走。虽然非常好奇，德文还是迈不动步子。其他人也没能鼓起勇气。巫兹纳德什么都没说，依然在耐心地等待。

终于，竹竿起身走向更衣室。德文感到很意外。看上去，竹竿比德文更像球队的局外人，一举一动总是感觉很紧张。但眼下，竹竿颤抖的手指，正放在更衣室大门把手上。

竹竿拉开门，一只老虎慢步走出更衣室。德文看着眼前的一切，惊奇不已。除了巫兹纳德之外，他从没见过这么大的生物。眼前的老虎肌肉发达，却步履轻盈，从容不迫。

"来见见卡罗吧。"巫兹纳德说，"感谢她今天自愿来帮我们。"

老虎卡罗坐在巫兹纳德身边，任由巫兹纳德挠着自己的耳朵，发出咕噜咕噜的声音。

"雨神。"巫兹纳德看向雨神,说道,"往前走一步。"

雨神迟疑了一会儿,走上前去,面色苍白,"嗯?"

巫兹纳德拿起一颗篮球,滚向球场中央。球在跳球点准确停住。

"训练内容很简单,"巫兹纳德解释道,"把球拿起来。老虎卡罗防守。"

德文皱皱眉头,看向巫兹纳德。他刚才是不是说,要大家运球过掉老虎?那老虎身形庞大,德文听到爪子在金属上挠过,能看见爪子从爪鞘中露出。卡罗来回踱步,露出嘴里的獠牙,像在微笑。

雨神脸上没有一丝笑容,膝盖不停颤抖,左手在身体一侧紧握。

德文对此深表同情。他也不知道,自己是否有勇气面对老虎卡罗。

出乎德文意料,雨神冲了过去。他先是肩膀一晃,假动作向左,而后全速向右侧突破。但这一切毫无用处。卡罗把雨神扑倒在地,舔他的脸,然后溜走了。雨神躺在地上,活像一具尸体。

"老虎把他杀了!"泡椒大喊。

"我没事儿。"雨神直起身子,"她没伤到我。"

"该德文了。"巫兹纳德说。

德文转向巫兹纳德教授,不知道为什么选自己下一个上场。自己做错什么了?巫兹纳德是不是看到自己膝盖在发抖了?

德文转向老虎,试着冷静下来。雨神活了下来,他自己也不能退缩,否则就会在队友面前活像个懦夫。他深吸一口气,开始加速。

第四章 猛兽 | CHAPTER FOUR: THE BEAST

德文尝试了雨神的动作，不过方向相反——先右后左。还没来得及眨眼，就被一块黑橘相间的皮毛撞倒在地。德文平躺在地板上，看着老虎紫色的眼睛。卡罗伸出尼龙搭扣一样的舌头，把德文的右脸舔了个遍。

"谢谢。"德文嘟囔道。

德文挣扎着爬起来。这么快就被老虎放倒，他感觉很难为情，但这种情绪并没有持续多长时间。没有人能够靠近篮球。

壮翰坦白表示不想上场，因此和竹竿发生激烈的争吵，巫兹纳德被迫出面调解。壮翰飞奔进更衣室，狠狠摔上了门，门上的油漆都摔掉了，脾气大得让德文大吃一惊。

"我一直抓着油漆呢。"那个粗鲁的声音说道。

"别跟我说话了，费尔伍德球馆。"德文想到，"球馆？我不管你叫什么名字。"

"当然。为什么会有人愿意和我说话？"

德文皱皱眉头，盯着距离最近的墙壁。有其他人在听自己说话？

"你是唯一一个使用格拉纳的孩子。告诉我怎么做到的吧。"

……格拉纳？

"天啊，巫兹纳德就适合干篮球教练。"

"虽然没人进攻成功，"巫兹纳德挠了挠老虎卡罗耳朵后面，说道，"但你们都展示出了真正的勇气。这是个不错的开端。"

德文的左手突然回来了。他感受得到，也看到了失而复得的左手。他把左手高高举起，如释重负地检查着，不停收缩着手指。虽然消失了整整一天，但左手没有一丝痛感、紧张感。

其他队员同样庆祝着，互相击掌。德文独自一人站在那里，双手紧紧握在一起。

在学校时，德文是个害羞的孩子，但还有几个朋友。他在学校打球，在体育课上主宰一切，休息时也总是打野球。那场比赛结束了德文在学校的时光。那次转瞬之间的决定，他自那时起每天都在心里重复一遍。

"退后。呼吸。"这几个词，他究竟对自己说过多少遍？在黑暗中自言自语过多少遍？

灯光一闪，吸引了德文的视线。他转过身，看见一个球体悬浮在空中，像外太空一样周身漆黑，像水滴一样不停波动。它的形状在持续变化，不停伸展，震颤，又恢复成为球体。

德文愣住了，他感觉异常寒冷，皮肤发疯似的痒。黑球让他感到紧张，甚至是恐惧。

德文连连退后，差点摔倒。在黑暗中，他看见了什么东西。

"啊，"巫兹纳德转向魔球，"正是时候。"

"那……那是什么？"泡椒问道，声音急促。听得出来，他有点惊慌失措。

"这是个你们想要抓住的东西。"巫兹纳德说，"不，这是你们必须抓住的东西。大家就叫它魔球吧。谁抓住了它，就能成为更好的球员。但它不会一直持续在这儿。如果没人抓得住，大家就跑圈。"巫兹纳德冲着魔球点了点头："开始！"

其他人像一群狼一样，跟在魔球后面。德文停了一下，但其他人的叫喊声、对魔球的热情很快战胜了一切。德文加入了队伍——一群脚下拌蒜、叠起罗汉的队员。魔球的速度快得不可思议，像子弹一样在队员之间躲闪，总是看似能够抓到，却在指尖溜走，诱发一场"灾难"。泡椒飞了起来，杰罗姆的下巴狠狠撞在地板上。德文猛地冲向魔球，肚子着地，喘不过来气。

"来了！"维恩喊道。

"我抓到了！"拉布大喊着，却没抓住魔球，脸摔在地板上。

"小心！"有人喊道。

"抓到了！"

"这到底是个什么东西？"

最终，没人能抓到魔球。魔球飞向老虎卡罗，卡罗纵身一跃，一口吞下魔球，然后在巫兹纳德身边坐下，微笑着看着大家，露出几颗牙齿。

"这才是好防守，"巫兹纳德赞许地说，"喝点儿水，然后跑圈，罚球。"

一阵叹息过后，队员垂头丧气地走向板凳席。德文喝了点水。无论训练关于什么内容，他觉得球队的状态在逐渐好转。壮翰从更衣室走出来，球队继续开始跑圈。

和之前一样，每跑一圈，球馆就变换个样子：倾斜，下降，变成楼梯、峡谷，有一次甚至变成一个螺旋形状，看上去没有尽头的楼梯。不止一名球员恶心得想吐。

和之前一样，没有一名球员能够投中罚球。

雨神投丢了罚球，紧接着是泡椒、拉布和雷吉。队员按照次序向前，但德文不住地往后躲，祈求着不要让自己出手投篮。

终于，在即将轮到他走上前去，最后一个出手投篮之前，竹竿命中了罚球。

大家瘫倒在地，解脱地喘着粗气，德文尤其如此。自己不会投篮的事实，还能隐藏多久？如果轮到自己投篮，他该怎么办？这样的念头，比旋转的楼梯更让德文感到头晕目眩。

"明天我们练习集体防守，"巫兹纳德说，"今晚大家好好休息。"

巫兹纳德走向球馆大门，老虎卡罗跟在一边。

"你……你要把老虎带走？"泡椒迟疑地问道。

大门猛地吹开了，重重地砸在两边的墙上。巫兹纳德和老虎卡罗消失在阳光里，就像两位朋友，一起出门享受咖啡一样。

"他可真该学学怎么跟大家说再见。"泡椒嘟囔着。

大家拖着疲惫的脚步走向板凳席。

德文挣扎着脱下湿透的球鞋，鞋子黏得好像被胶水粘在了脚上。他终于脱下鞋子，鞋子的臭味让他表情扭曲。

今晚可得把球鞋放在门廊，否则奶奶肯定要惩罚自己。奶奶总是说："有体味非常正常，就是别靠近我。"

阿墙坐在德文身边，擦着眼睛旁边的汗水。

"我妈妈不可能相信，球馆里居然有只老虎，"阿墙哀怨地说道，"昨晚她跟我说'孩子，球馆没变样，是你的小脑袋瓜子变样了'。另外，别再提电梯的事情了！"

"什么电梯？"德文说道。

阿墙看着德文："当时你没在？你还走运了。我差点儿把肚子里的蛋糕吐出来。"

德文皱皱眉头，开始拉开背包。原来每个人都有幻觉……但为什么？如果这是魔法，或是格拉纳，是真实发生的，为什么现在突然发生了？世界上的地方有这么多，为什么偏偏在波堕姆发生了？

如果想要种下一颗种子，你会种在哪里？

德文听出来,这是巫兹纳德低沉的声音。"什么种子?"

开始的种子。

"来段说唱吧,泡椒。"杰罗姆的话打断了德文的思绪。

德文不知道杰罗姆在说些什么,但没等多久便了解了。

泡椒开始来回走动,在德文面前甩着双手,食指指向前方,自由说唱了一段,最终以一个戏剧化的姿势结尾,双手指向冠军旗帜。

大家大笑起来。

笑声慢慢停止了,球队开始走出球馆。

德文退后一步,等待其他人先离开。回家之前,他想再享受片刻宁静。很快,球馆里便空无一人。

德文走上球场,袜子在地板上留下脚印,好像走在沙滩上一样。德文在中圈停住脚步,聆听着这份宁静,呼吸着干燥空气里腐烂的味道,感受着脚下的地板。

"这孩子太危险了。"一个陌生的声音远远传来。

德文呆住了。他四下看看,球馆已经空了。

"这是场意外。"有人说道。不是别人……正是德文的母亲。

"那不是意外,"一个声音气愤地回复道,"他失控了。"

"大家都在喊他的名字……"

"我儿子在医院呢!"

德文转过身,冲着声音的方向大声哭喊。声音在球馆里回荡。

"德文不知道自己的优势在哪里……"母亲说。

"他就是个傻大个。其他孩子都不信任他。"

"你想要干什么?"

"我想让他退学。"

德文闭上双眼,感觉大家身后的压力。本质上来说,这是德文自己的选择。校长让他停课,但没开除他。母亲想再给他一次机会。但德文受够了评论、嘘声,受够了家长警惕地看着自己。德文,高个子,丑八怪,像是一门散漫的加农炮,一点就着。

德文,野兽。

眼泪从德文脸上流下来。停课结束,但他没有回去。几个星期过去了,他不想在学校看到这些孩子。几个月过去了,他连家门都不想出。

德文睁开双眼,连连退后,惊慌失措。

老虎卡罗就坐在他身后。

"啊,"他嘟囔着,"你好啊,卡罗……"

卡罗咆哮着,露出獠牙。德文警觉地退后了一步。

"嗯……你还好吧?"他轻声说道。

卡罗突然冲向德文。德文没有多想,紧紧抓住卡罗的脖子,两人摔倒在地,四肢缠在一起。卡罗压住德文,牙齿咬得吱吱作响,距离越来越近。这一次,卡罗没有在玩耍。

德文恐慌得要命,用尽全身力气,拼命把卡罗往外推。德文蹬起双腿,穿着袜子的两只脚顶住卡罗胸脯,把卡罗推远。德文爬起身来,面对卡罗,举起双拳,喘着粗气。

卡罗坐下,给了德文一个微笑。

"对于那些力量超乎寻常的人,大家总有各种各样的称号。"一个低沉的声音说道。

德文转过身,但巫兹纳德早已消失不见。

"但这些称号并不能准确定义我们。永远不要为自己的力量感到羞耻。"

德文转身面向老虎卡罗，但卡罗也已经走了。他站在那里，浅浅地呼吸，肾上腺素在体内奔腾，一股原始的力量等待释放。

德文盯着自己的双手。

做一头猛兽吧。

⑤ 内心的猛虎

勇气意味着可以对事情恐惧，
但依然要坚定地走下去。

◆ 巫兹纳德箴言 ◆

第五章 内心的猛虎 | CHAPTER FIVE: THE TIGER INSIDE

第二天一早,德文拉开球馆大门,随即呆住了,嘴唇上不由得泛起一丝笑容。一座城堡出现在球场上。不是玩具,是真正的城堡。"好酷啊。"他自言自语道。

城堡占据了球馆三分之一的面积,从木地板里拔地而起,好像一夜之间长出来的参天石树。空气里弥漫着橡胶的味道,然后是咸味。德文的视线落在城堡上方的奖杯上,那是精英青年联赛的全国冠军奖杯。他从来没想过能有机会为了这座奖杯而打球,至少过去4年从没想过。但如今它就在眼前。德文渴望得到它。

一切是如此不真实,好像一场白日梦。从来没有哪支波堕姆的球队,能有机会赢得奖杯。但就在几个星期前,对于德文来说,能够为狼獾队,或是任何一支球队打球,本来就是一场梦。

梦还怕多吗?

德文意识到,自己根本没听见任何声音。他环顾四周,球馆空无一人。

"你为什么打篮球?"

德文转过身，发现巫兹纳德正靠在墙上，眼睛盯着城堡。德文看着巫兹纳德脸上的伤疤——伤疤从脸颊延伸到下巴，又细又长，好像被刀尖或是利爪划过。

"我……我从小就打篮球，"德文说，"和我爸爸一起打球。""这一次你为了打篮球，决心离开家，再试一次。为什么？"

德文犹豫了。巫兹纳德说的是真的。德文有时候觉得自己永远不会离开家，但能够打篮球的希望，还是将自己引诱出来。他梦想过这一切，渴望踏上球场。"因为篮球很单纯。只有在球场上，我才知道自己应该做什么。"

巫兹纳德沉默了一会儿。"没错，最单纯的事情，往往是最美好的事情。"他一只手放在德文肩上，"能够来到这里，你应该为自己感到自豪。现在，要更上一层楼了。""我该怎么做？"德文嘟囔道。"老虎卡罗昨天教你了。"

德文突然听到一阵声音，看到球队围坐在板凳席上，欢笑着互相交谈。他瞥了瞥巫兹纳德，随后开始换上球鞋。巫兹纳德想让自己释放力量，但如果把别人弄伤怎么办？自己如何承担责任？

最后几名队员走进球馆，陆续来到巫兹纳德面前，和教练交谈。等所有人都准备就绪，巫兹纳德把大家叫到球馆中央的城堡前面。德文抬头看着城堡，手指在墙上不停抚摸。墙壁十分光滑，由橡胶制成，球馆里的气味就来源于此。德文猜想，空气中的咸味可能来自巫兹纳德，这气味似乎始终萦绕在巫兹纳德身边。

"今天我们来练习集体防守。"巫兹纳德说。

"好比……区域防守？"泡椒问道。"很快就练。"巫兹纳德说，"首先还是要学习基本功。"

德文抬头看向城堡，心里想起奶奶讲过关于城堡的故事。德文很喜欢听城堡的故事，故事书至今还留着。小时候，德文总是想象自己能成为一名骑士，高大、强壮、高贵又处变不惊。他甚至给自己封了称号——强壮的德文爵士。一名真正的英雄。

　　德文听见砰的一声，转过身来，看见地板上铺满了一堆红色和蓝色的东西。"大家请一人拿一个吧。"巫兹纳德说。

　　德文拿起一顶红色的头盔，戴在头上，把带在下巴上系好，又抓起一块红色的防护垫，垫子坚硬紧实，背后有两个把手。他瞥瞥其他人，大家都在寻找各自颜色的头盔、防护垫，然后穿戴整齐。德文的队友包括雷吉、拉布、阿墙和维恩。其他4个人看看德文，心里或许在猜想，德文到底是会好好利用自己的大块头，还是像对抗赛一样毫无存在感。德文也在思考同样的事情。

　　"游戏很简单。一支队伍向城堡进攻，另一支防守。哪支队伍用最短的时间拿到奖杯，哪支球队就算获胜。输掉的一方跑圈，赢的一方练习投篮。"

　　"你是怎么拿到冠军奖杯的？"泡椒眼睛盯着奖杯，嘴里问道，双手张开，在身前抱紧，像是迫不及待要触摸奖杯。德文看得一清二楚。"我借来的，"巫兹纳德说，"蓝队先防守。"

　　德文咬了咬嘴唇。他要不要……去撞人？要是伤到大家怎么办？巫兹纳德知不知道自己会这么做？这堂训练课是不是专门为他设计的？

　　"来吧，"维恩走向板凳席，说道，"你，温柔的大个子，也过来。"德文勉强挤出一个笑容，跟在维恩后面，心里依然不知道该怎么做。德文从小就身强力壮。奶奶说德文刚出生的时候，还以为医院弄混了孩子，那时的德文，看上去像一个已经蹒跚学步的孩子。妈妈也说,医院的护士觉得很同情她。虽然还是个小孩子,但德文的身体已经开始飞速成长。父亲是个举重运动员,德文很早就和父亲一起玩举重。5岁时,德文看上去就像个10岁的孩子。今年他12岁,看上去足足有18岁。这本应该是件好事,但现实却没那么美好。

身边的小朋友发现德文根本不敢用身体撞别人,于是开始给他起外号。德文7岁时,在一堂联防训练课上,恼羞成怒的篮球教练叫德文"哑巴牛"。于是队友也开始叫他"哑巴牛"。德文讨厌这个外号,因为自己不是不会说话,但在学校遇到了一些问题,尤其是阅读难题,单词好像都混到了一起,难以阅读。德文的问题越来越大,越来越严重……

德文摇摇头。他需要专注,需要决定是否冒这个险,去运用自己的力量。红队围成了小圆圈,一起站好。"我们的计划是?"维恩问道。"每个人挑一条坡道,然后进攻。"阿墙说。"我们有5个人,坡道只有4条。"维恩点明事实。阿墙叹了口气:"也就是说,我只能围观了?""不啊,你这个笨蛋,"维恩说,"我们可以在其中一个坡道双人攻击。"雷吉眼睛盯着城堡:"对方也有可能多派一个人,在某个坡道双人防守。""可能是雨神吧,"维恩表示赞同,"要是德文愿意的话,让他去补漏吧。"维恩瞥瞥德文,挑了挑眉毛。德文把视线转到一旁,羞红了脸。"没关系,"维恩说,"我忘了,他和果蝇一样凶猛。"

"大家听好了,"雷吉插话道,"我们有优势,可以选择进攻的目标。维恩,我们就按照你说的办,选好进攻目标,然后开动。如果双人进攻几次之后,还没能突破防线,就派3个到4个人,一起进攻一条坡道,对方肯定没时间反应。我们派德文打头,一鼓作气，拿下奖杯。怎么样？"

雷吉向右扭头，鼓励地看着德文。德文终于点了点头。"开始！"巫兹纳德说道，声音在球馆里回响。

德文转身面对城堡，突然惊呆了。曾经古老的故事，如今成为了现实。眼前的城堡，四周突然出现了一条护城河，河水微咸。木桥将石头坡道相互连接，蓝色的丝绸旗帜在城堡四角飘扬。就连德文身上的装备也变了模样——身上的盔甲银光闪闪，镶嵌着红边，脚上的鞋子变成了骑士的战靴。德文抚摸着崭新的铁甲，笑了。

"勇敢的德文爵士。"他心里想着，"费尔伍德王国的英雄。"

这些年来，德文第一次想要展示自己的力量。

"进攻！"拉布喊道。德文开始进攻。他看见杰罗姆正在单枪匹马防守一条坡道，便向他冲了过去，立起防护垫。德文只看见杰罗姆睁大了双眼，惊慌失措。两人盔甲上的皮革撞在一起，发出砰的一声。德文迈开双腿，一步一步坚定地向前冲，杰罗姆被逼得接连后退。"你真……真是个……怪物。"杰罗姆一边后退，一边说道，"你到底是吃什么长大的？"德文无视杰罗姆的话，一步步进攻，杰罗姆的阵地接连失守。"帮下忙啊！"杰罗姆大喊。

德文抬起头，发现自己几乎已经到了城堡的第一层，这里更加宽敞，德文可以把杰罗姆甩在一边，直奔奖杯而去。但就在德文即将越过杰罗姆防守之时，雨神加入了战斗。德文对抗着两个人，杰罗姆后退的脚步停了下来。雨神和杰罗姆奋力向前推，但德文稳住重心，顶住两个对手，双臂肌肉紧绷，就快要把盔甲撑爆。

"我一个人打两个！"城堡的另一边，泡椒大喊道，"我挡不住他俩！"杰罗姆抬起头："雨神……""顶住，杰罗姆！你肯定能行！"雨神说着，便消失在城堡的角落里。德文知道，自己的对手有麻烦了。他继续向前进攻，把杰罗姆往坡道里面推。"阿墙刚刚走了！"壮翰的声音回荡在城堡的某个地方。"拉布也是！"竹竿喊道。德文听见身后传来过桥的脚步声。他回过头，看见阿墙和拉布正赶过来加入战斗。杰罗姆看见他们，脸色惨白。"伙计们。"他自言自语道。

德文感觉到，其他人正在用力推着自己的后背。这股合力把杰罗姆顶得飞了出去，撞在远端的墙壁上。德文、拉布和阿墙冲进城堡，准备冲击最后一条坡道，面前的对手只有雨神。雨神举起防护垫，呆若木鸡。"帮帮我！"他大喊道。

德文眼见雨神脸上恐惧的表情，便停了下来。但这正是训练的关键——运用自己的力量。这正是老虎卡罗教会自己的东西。德文沉下防护垫，发起进攻，同样把雨神推飞到空中，带领红队冲过最后一条坡道，直奔奖杯而去。他单手举起奖杯，奖杯的边缘闪闪发光。

"勇敢的德文爵士，今天的首功之臣！"德文心想。"就该这么干，大个子！"雷吉拍拍德文的后背，说道。"野兽！"维恩大喊，"我就知道你是头野兽。"德文感到无比自豪。

"1分47秒，"巫兹纳德说道，声音盖过了欢呼声，红队沉默下来，"蓝队，该你们进攻了。你们有两分钟准备时间。"

蓝队垂头丧气地走向最近的坡道，围在一起商量策略。德文把奖杯放回原处，思考着怎样才能防住蓝队，不让他们采取同样的战略——集中火力攻击一条坡道。

"我们需要制订计划。"拉布说。维恩点点头："很难防守。我

第五章 内心的猛虎 | CHAPTER FIVE: THE TIGER INSIDE

和德文可以一人守一条坡道。拉布，你和雷吉……""不。"雷吉说。大家纷纷看向雷吉。雷吉环视城堡，突然笑了。"什么事这么可笑？"维恩问道。"其实很简单，"雷吉说，"其他坡道就是用来分散对手注意力的。"

"你说什么呢？"拉布问道。雷吉指向奖杯："我们的任务就是保护奖杯。"维恩皱皱眉头："没错……""所以只需要守住最后一条坡道，"雷吉说，"就这么简单。""有道理。"拉布吹了吹口哨。

"大家一起来守，"雷吉说，"大个子，你站在最前面。"

雷吉拍拍德文的肩膀，然后站在距离奖杯最近的位置。大家一个接一个站到雷吉身前，像垒砖头一样把防护垫靠在一起。最后轮到德文，他走到最前面，举起防护垫，像是一扇铁门，双脚分开等候对手，微微一笑。强壮的德文爵士，如今真的要保卫城堡了。

"开始！"巫兹纳德说。

很快，德文便听见坡道上传来铁靴的踏步声。蓝队冲上城堡的第二层，打头阵的是雨神，脸上露出胜利的微笑，但这微笑并没有维持太久。雨神看见德文，立刻停下脚步，眉头紧皱，身后的蓝队队员刹不住车，一个接一个撞上来。雨神眯起双眼："推！"

蓝队冲向德文，但德文轻而易举顶了回去。蓝队的计划完美无缺。进攻一方继续奋力推，但就是无法冲破防守一方的合力。德文感觉到对手快没劲了，便用尽全身力量推了回去。蓝队所有人人仰马翻，在墙边堆成了人山。

"时间到，"巫兹纳德说，"红队胜利。"

"野兽再次出击！"拉布摇晃着德文的胳膊，高喊着，大笑着。这一次，德文也不想忍着不笑了。身上的铠甲变回了平常的衣服，护城河逐渐干涸，石头也变回了橡胶。

"红队可以拿球练习投篮了，"巫兹纳德说，"蓝队，跑圈。"

蓝队开始绕着球馆跑圈，德文和红队其他队友则拿起篮球，练习投篮——虽然德文除了跑圈之外，并不愿意练习其他项目。他不想毁掉这完美的一天。红队练习着投篮，身边是跑圈的蓝队。

大概用了一小时，蓝队才投进一个罚球。队员瘫倒在板凳席上，大口喝水。巫兹纳德把红队队员叫到面前。

野兽终于被释放了出来。

德文看着巫兹纳德。"也许，的确是我把它放了出来。"德文心想。

是你把球队扛在肩上。

一幅老旧的画面，突然闪现在德文面前。德文感到胃里一阵恶心。"不是什么时候，都有盔甲保护人的。"德文心想。仅呼吸间，德文所有的自豪、竞争的激情都消散殆尽，变成了恐惧和罪恶感。今天的德文行事鲁莽，随时可能失去控制，很有可能伤到雨神，伤到杰罗姆。德文低头看看自己的双手。自己的确非常危险。

牢笼又回来了。

"防守球员必须时刻做到哪一点？"巫兹纳德问道。德文眨眨眼睛，城堡已经消失不见，地板上连一丝磨损、剐蹭的痕迹都没留下。"时刻做好准备，"雷吉说。"其他球员也是一样。如果没做好准备，我们就是在浪费时间。"巫兹纳德转过身，走向球馆大门。"今天训练结束了吗？"泡椒问道。"取决于你。"

第五章 内心的猛虎 | CHAPTER FIVE: THE TIGER INSIDE

大门猛地打开了，巫兹纳德走出球馆。大门随即关上，冷风逐渐消散，但寒意尚存，好像一场冰雨过后的薄雾。德文转过身，看见魔球悬浮在球场中央，看上去仿佛在召唤自己。他听见一个声音从远方传来。

"动物。危险。野兽。"德文打了个冷战，转过身去。整个球馆陷入一阵死寂。

竹竿第一个扑向魔球。他全力冲刺，却偏得厉害。所有队员都加入了对魔球的争夺之中，德文也不例外。但再一次，捕捉行动很快陷入混乱。德文手肘伸得太长，差点和壮翰撞个满怀，但他最终还是摔倒了。魔球始终在迂回前行，总是溜到手边，随即飞快逃离，根本无法抓到，让人发疯。大家追了大概10分钟，魔球突然钻进墙壁，消失不见了。德文揉揉酸疼的手肘，心里恼羞成怒。"还想打分组对抗吗？"泡椒问道。"不打了，"雨神嘟嚷道，"我们走吧。"

大家没有表示反对，继续讨论着魔球。德文坐在另一张板凳席，不停弯曲着手肘，试图放松下来。希望明天不会酸疼……很明显，他的右手没办法替代左手。德文不知道自己还能不能捉到魔球，或者说，还想不想捉到魔球。他感受到某种事物的存在，一种让自己感觉到周身寒冷、无比渺小的事物。

"我不在乎！"雨神突然大喊，"那游戏跟打篮球有什么关系？""非常有关系，"雷吉回答道，"它教人如何正确防守。如何作为一个集体防守。"雨神站在地板上，整个身体都在颤抖。

"又来了，"德文心想，"又发脾气了。""今年对我来说非常重要。"雨神咆哮道。"你应该说对我们非常重要。"拉布说。"没错，"雨神说，"雨神·亚当斯，和他的西波堕姆狼獾队。"

雨神说完，昂首阔步走出球馆。德文瞥瞥其他人，心想雨神是不是经常这么干。他至少已经见过雨神发两次脾气了。这孩子看上去非常自私。德文也不知道自己喜不喜欢雨神——当然，德文也不知道雨神在不在乎他的想法。

德文换好衣服鞋子，走向卫生间。洗手时德文看向镜子里的自己，手指抚摸着光秃秃的脑袋、宽大的鼻子。"不然，今年就让德文在家里待着吧。安全起见。"这是德文父亲的声音。德文不敢去寻找父亲的踪迹。这只是一段回忆。"也许吧，"母亲说道，"但就是今年。之后他还是得回去上学。""对。他只是需要时间。"

4年前，德文还有的是时间。德文看着镜子，突然皱起了眉头。身后的墙上，突然慢慢出现了一行银色墨水写成的字。德文偷偷回头看，墙上空空如也。但在镜子里，那行字还在继续浮现。他紧紧贴着镜子，努力读出反向的文字，内心解读着文字背后的讯息。"人们只……看到……自己……相信的……东西。"德文慢慢地说道。他思考了一阵子。通常来说，德文看到的都是一个怪物、一只动物。但今天不是这样子。

德文挺直身体，深吸一口气。再一次，他穿上了闪亮的盔甲，内心坚定无比。身后远处的高山上，一座城堡耸立着。"勇敢的德文爵士，随时为您效劳。"德文自言自语道，"但我的朋友都叫我怪兽。"

德文听见有人在隔间外面走过，便冲了出去。"你刚才是在和自己说话吗？"维恩说着，走向另一个隔间。"嗯……是啊。"维恩笑了："我平时也这么干。今天干得很棒，大个子。球场上也这么干吧。"德文拿起背包，心里想着刚才和镜子说的话。"我的朋友……"德文重复道。他走出球馆，笑了。

◆ 6 ◆
暗室

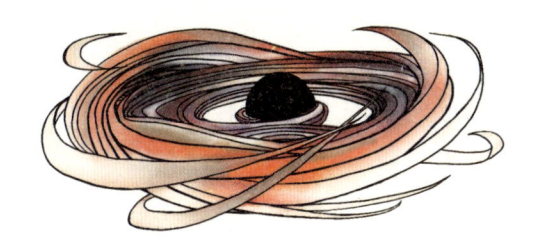

直到你真正感觉无能为力时，

你才会对自己的力量有所了解。

◆ 巫兹纳德箴言 ◆

第六章 暗室 | CHAPTER SIX: THE DARK ROOM

　　德文把篮球紧紧抱在胸前,手指抚摸着球面的纹路。他能感受到表面橡胶纹路的变化。德文转身,沉下肩膀,面向篮筐突破上篮。想象中的防守人消失了,想象中的观众在热情欢呼。他抢过篮板球,冲到场地另一边的禁区,准备再来一次。

　　德文已经练投篮快半小时。今天他特意早早到了球馆,却还不是第一个来球馆的人。德文不知道雷吉有没有离开过球馆。他抓起篮球,准备继续进攻。空中传来一个声音。

　　"大家都过来。把球放在一边。"

　　德文向后看去,发现整支球队都到了球馆。巫兹纳德正站在场地中央。德文飞快把球放下,赶紧和队友集合。他注意到雨神看上去很生气,嘴里在不停嘟囔。

　　"今天我们来练习进攻,"巫兹纳德说,"我们先从传球开始,传球是一切进攻的基础。伟大的传球手,都具备怎样的素质?"

　　德文试着想出答案。他唯一传过的球,就是和父亲在街上投篮时给父亲的。这可能不算数。

"视野,"泡椒说。

"非常好。伟大的传球手需要动作迅速,反应敏捷,想法大胆。但最重要的就是他们必须有视野。要看到眼下正在发生什么,更要看到接下来将要发生什么。要看穿球场上的一切。"

"所以说……我们要练习怎么看到更多东西……?"拉布说。

"没错,"巫兹纳德说,"最好的训练方法,就是让自己什么都看不见。"

球馆随即陷入一片漆黑,就连从门缝里溜进来的阳光也消失了。德文闭上双眼,但一切毫无变化。他感到自己在颤抖。德文不喜欢黑暗。有太多个夜晚,他躺在床上无法入睡,眼看着一幕幕无法回首的回忆,在阴影笼罩的天花板上上演。

"嘿!小心点!"泡椒说,"你踩到我的脚了!""我什么也看不见,你叫我怎么小心点?"壮翰说。德文感到十分放松。在这里,他并不孤独。这是不同的。

"你把什么隐藏在黑暗中?"

德文退了一步:"巫兹纳德教授?"他听不见其他人的声音——无论是挪动身子的声音、呼吸声还是轻柔的对话声,都完全听不见。即便还能感觉到巫兹纳德的存在,闻到那股盐水的味道,但德文依然再次感到一阵孤独。

"你在这里隐藏什么?"那个低沉的声音重复道。

"我不知道你是什么意思……"

"准备好面对这一切了吗?"

在黑暗中,这声音尤其洪亮。德文脚下的地板都为之震颤。"面对什么?"德文问道。

"内心的牢笼。"

"我……我想让它消失。"

"你就是准备好了,"巫兹纳德说,"先沉下来。"

德文深吸了一口气,闭上双眼,将牢笼关上。他想象着自己可以在任意时间打开牢笼,迎接阳光。他感觉一切开始由自己掌控,黑暗也显得没那么可怕了。他又能听见身边的声音了——脚步挪动,呼吸,轻声交谈。球队又回来了。

"首发球员对阵去年的替补球员,"巫兹纳德说,"首发先来。去找球吧。"首发球员开始找球,叫喊声、咒骂声不绝于耳,球员不断撞到东西。德文跟随着替补球员声音的方向,希望能找到中线的位置。他紧闭双眼,双手在身前移动,突然撞到了什么东西,温暖又肉感。

"啊!"杰罗姆叫了一声。"对不起。"德文飞速道歉。"感觉像被一大块火腿撞上了。"杰罗姆抱怨道。

"这么黑,我们怎么能找到中线在哪儿?"壮翰问。"先找看台,"维恩说,"我们可以先找到哪儿是看台的中心。""太扯了,"壮翰说,"我讨厌这傻——唉!谁踢我了?"

"我的错。"雷吉说。"感觉像故意的。"壮翰嘟囔道。

首发球员花了至少 5 分钟,才找到他们以为的中线位置。又花了几分钟,才到达篮筐下方,做好准备。德文甚至不确定自己面对的是正确的方向。他伸开双手,试着追踪声音的位置。

"还记不记得,我们之前练习上篮,打对抗赛的日子?"维恩伤感地说。"还记不记得,我们去年从第三名掉到第十二名?"雷吉说,"我们烂透了。"

"你觉得这么训练,对提升成绩有好处,是吗?"壮翰说。"反正没坏处。"

"跟我的小腿说这些吧。"壮翰说。

首发球员终于有动作了——至少听起来是这样。嘴里的叫喊声，拖着的脚步声逐渐逼近。终于，当声音即将到达防守人时，每个人都开始大喊，德文跟丢了进攻人。有人撞向德文的胸脯。队友尖叫着抢球。一个传球失误，球就弹出了球场。

"两队换边。"巫兹纳德说。

又花了5分钟，替补一方才组织好阵形。德文鼻子撞到了墙，维恩错过了第一次传球，替补一方又丢了球。

"进展得很顺利呀。"杰罗姆说。

"嗯，"巫兹纳德说，"也许我们得逐渐适应完全黑暗。"

德文睁开双眼，黑暗之中，突然多出一颗篮球，闪着深红色的光。尽管篮球本身并不发光，但德文还是能隐约看到球皮表面的黑线，以及中间闪烁的光。靠着篮球发出的光，首发一队行进速度快了一些，但杰罗姆还是传丢了球。

"两队换边。"巫兹纳德说。

双方有来有回，几小时很快就过去了。德文逐渐适应黑暗的感觉。他从来没有意识到，其他感官在球场上也如此有用。他知道职业球员会大声交流战术，却从没想过倾听身体奔跑的律动，聆听呼吸的声音。他用双手抓球，却从未像触手一样去追踪对手。他觉得自己总能闻到气味，却从未注意过空切球员身上刺鼻的体味。他甚至不幸闻到了出汗手臂的味道。终于，首发球员穿过球馆，灯光重新亮起来。

"首发球员获胜，"巫兹纳德说，"休息休息，喝点水。"

德文拖着疲惫的双腿走回替补席，眨眨眼适应突然亮起来的灯。他仍然在思考着巫兹纳德说过的话——沉下来，面对牢笼。

第六章 暗室 | CHAPTER SIX: THE DARK ROOM

德文已经去过那地方,也拿到了钥匙,但这不代表能使用钥匙。德文喝了几口水,眼看着大家也在大口喝水。为什么自己不能像大家一样正常?比方说雨神、竹竿和拉布——他们就很正常,不需要为什么事情感到害怕。

"竹竿,请过来一下。"巫兹纳德说。

竹竿拖着脚步,走向巫兹纳德。竹竿本来已是又瘦又高,但和巫兹纳德相比,看上去居然很矮小。

"我想让你和球队说一件事,一件你想和大家说的事,要实话实说。"

德文眉头紧皱。他不喜欢眼前发生的事情。只有竹竿上前发言,还是其他人也一样?竹竿不愿意讲话,巫兹纳德得要点儿花招,才能得到想要的答案。德文能感同身受。

但竹竿却开口说话了。"好吧……那个……我一直都很努力。"他嘟囔着,"你知道,在休赛期,我非常想变得更好。我知道,也许大家不希望这赛季我回到队伍里,但我非常想帮助球队。我想,希望大家能够了解这一点。"

德文又一次注意到竹竿脸颊上的伤疤和青春痘。不知道竹竿是不是也有自己的秘密。

每个人都有秘密,都有伤疤。只有傻瓜才选择无视。

"杰罗姆,到你了。"巫兹纳德说。

大家开始轮流发言,德文越来越紧张。自己该说些什么?到底能不能在队友面前说话?他感觉喉咙发干,又多喝了些水。每次有人上前发言,德文就感觉胸膛又发紧了一些。

"这赛季我想'大杀四方'。"

"我一直在练习跳投,今年肯定能投进更多球。"

"今年我要打上首发。"

大家的话大都稀松平常。德文想了想该说些什么。自己要……努力打球?就连他自己都觉得这话很蠢。巫兹纳德叫到德文时,他还在排练等下要说的话。德文走上前去,理清思路,随后含糊地说出了脑海里想到的第一件事。

"我……我想再来一次。"

大家看上去都被弄迷糊了。德文飞速跑回板凳席。自己为什么要这么说?他的原意是投篮,或是得分。不是再来一次机会。他盯着自己的脚尖,羞红了脸。

你已经来到正确的地方。现在要努力赢得一切。

"怎么赢?"德文心想。

告诉我,该如何使用自己的力量?

德文眉头紧皱。"什么?"他不知道答案。

集中注意力。

"大家来打分组对抗赛吧,一小时。"巫兹纳德说。

"不开玩笑?"泡椒问道。

"锻炼视野。雨神、维恩、拉布、阿墙、德文,你们5个一组,打其他人。"

德文四下看看,喜出望外。这就要和雨神一队了吗?

自己已经成了首发球员吗?去年球队的两名中锋——竹竿和壮翰,眼下都在同一队里。德文因此默认自己是队里的中锋。他上前一步，来到竹竿面前，竹竿冲他点点头。

"人类能看见很多东西，但我们选择不去看那么多东西。"巫兹纳德说，"这种选择的确非常诡异，很难理解。"

这一次，球馆里不再是漆黑一片。但什么奇怪的东西好像挡住了德文的脸，两边只留下一条窄窄的视野。德文来回扭头，但那障碍还在。他揉了揉眼睛，也没什么效果。德文叹了口气。这是另一项考验。自己要保持冷静，上场打球。

你慢慢明白了。

其他人看上去也很不适应。

"不好玩！"拉布尖叫道。

"我半盲了！"阿墙说，"甚至可能达到四分之三！"

巫兹纳德把球扔向空中，德文看不见球，却仍然纵身起跳。他感觉到一缕橘黄色一闪而过，在下落时看见竹竿那张疑惑的脸。紧接着，他感到有人打了一下自己的小腿，发现竹竿在自己下方弓着腰，很明显在追赶篮球。

"抱歉！"竹竿难为情地说。

维恩接过篮球，对抗赛正式开始。没过多长时间，德文便明白了这堂练习课的意义。直线传球和跑动几乎不可能，球必须向外传递，做任何事情都要放慢速度。德文保持频繁移动，不停侧身，转身，保持队友在视野之内。因为视野局限太大，德文只能依靠队友呼喊做空切或轮转，并知道什么时候出手投篮。

他开始在脑海里回想进攻的动作：向球的方向移动，接球，权衡进攻选择，选择最佳进攻方式，重复。一切简直像数学一样精准。每一次接触球，他都在内心计算着最佳概率。如果要投篮，就要确保球拥有完美的运行轨迹。不能靠猜——如果靠猜，就可能撞到什么东西。这是一种全新的打球方式。

在此之前，篮球在德文看来，不过是一种盲目的释放，一场关于天赋和力量的较量。但如果放慢动作，就会发现许多从未发现过的东西。比赛当中，包含着一场又一场较量。

"今天就这样吧，"巫兹纳德终于说，"拿上水壶，到中场集合。"

视线前方的阻碍消失了。德文喝光剩下的水，走向巫兹纳德。阿墙走在德文旁边，擦了擦满脸的汗水。爆炸头耷拉在前额头上，就像在阳光下晒枯了一样。

"你挺喜欢狼獾队吧？"阿墙问道。

德文看了一眼阿墙："啊，是啊。"

"我们原来没有这么多巫师，"阿墙的口气像是在谈天气，"这位是新来的。"

"是啊，我有点儿看出来了。"

德文注意到阿墙正在盯着自己的胸膛。阿墙没有再说话，上下打量着德文。

"所以，你是经常……做俯卧撑吗？我也一直在锻炼胸肌。"阿墙使劲绷紧上身，低头看着两块瓶盖大小的凸起，"就是有点儿小！"

德文皱皱眉头："我……我不知道啊。也许你可以做点儿俯卧撑。"

"我就知道。"阿墙卷起袖子，"你觉得我的肱……"

"现在该跑圈了。"巫兹纳德说。

大家开始跑圈。德文内心反而充满感激，因为这其实算不上真正的奔跑——大家很快跑完了5圈，雷吉走上前去，第一次罚球出手便命中。几分钟之后，大家回到球场中圈。

巫兹纳德打开背包："现在你们的视力都恢复正常了。但你们真的在看吗？我们需要重新学习如何看东西。"德文跑向队友，只见巫兹纳德掏出雏菊，放在地板上摆好。

"不是吧，又来了。"泡椒嘟囔道。

"还会有很多次，"巫兹纳德说，"如果想要赢球，就必须把时间放慢。开始观察吧。"

巫兹纳德脚后跟一转，向球馆大门走去，背包在身后摇晃。

"你要去哪儿？"泡椒问道。

"今晚带这盆花回家，泡椒，"巫兹纳德说，"好好照顾它别忘了浇水。"

泡椒咽了口唾沫。

"这花你想让我们看多久？"雨神在巫兹纳德身后喊道。

"直到你们看到新东西为止。"巫兹纳德说。

巫兹纳德走出球馆，大门在身后重重关上。

德文犹豫着坐下，两条腿盘在身下。

其他人还在聊天，但在德文的耳朵里，聊天声音在逐渐减弱。他专注地看着花瓣，想观察它们如何成长——当然，这不太可能发生，德文第一次观察雏菊的时候就意识到了。观察花朵慢慢成长，意味着要学会珍惜时间，要在脑海里将一切慢下来，慢到即便是世间最难以察觉的事物——好比花朵的成长，都能看见。至于是否真的成长，并不重要。

大多数队友没有和德文一起观察。壮翰早早地离开了球馆，其他几个人在练习投篮。只有雷吉和竹竿还坐在地板上。但德文并没有注意到他俩的存在。

过了一阵子,德文感到心情起了变化。整个球馆陷入沉寂、阴冷之中。德文感到一阵深深的恐惧感席卷而来,耳边仿佛有人在窃窃私语。竹竿和雷吉僵住了,眼神看向德文头顶。德文猜想,魔球一定就在他的上方飘浮。他的眼神依然盯着花朵,知道这可能是自己最好的机会。魔球这次是为自己而来。德文盯着花朵看了一分钟,希望引诱魔球放松警惕。

他深吸一口气,开始行动。德文猛地把手伸向头顶,摸到一个黏稠、冰冷的东西。他抬头看向手里的魔球,看着它在指尖流动。整个球馆突然消失了。

此刻的德文,正坐在水泥地上,四周被黑暗包围。他慢慢站起身。"我在哪儿?"他呆住了。

空气阴冷而潮湿,像深冬的早上。冷空气渗入德文的骨头,他感觉浑身酸痛,皮肤发痒。他转过身,凝视着黑暗。这一次,黑暗中没有牢笼,也没有钥匙。但在阴影的边缘,有什么东西突然出现了。德文屏住呼吸,心里充满了恐惧。但好奇心还是战胜了恐惧。德文向那巨大的影子走过去,不敢大口呼吸。

德文慢慢靠近,睁大了双眼。那是一扇门。他认识这扇门——那是他就读的公立学校的一扇门,金属制成,咯吱作响,和费尔伍德球馆的大门一样。出乎意料的是,德文突然感到双眼湿润了。他很怀念这个地方,或者说……他怀念当年在这里上学的自己,在一切变得如此糟糕之前的自己。德文想都没想,拉开大门,走了进去。

一幅场景在德文眼前出现。那是年少的德文——已经长得又高又壮,正在球场上运球上篮,身边的一个小孩子被自己顶开。

球进时,少年德文笑了,但那个小孩子没笑。格雷格·内尼兹,就是他,没错。

"我还真不知道,就连肉卷也能把球放进篮筐。"格雷格说,"嘿,大家伙儿,你们看见一坨肉刚才上篮得分了吗?真是个奇迹!"

"别那么叫我。"少年德文怒吼道。

"离开,"德文心想,"深呼吸。"但少年德文没听自己的话。这样的情形已经持续了一年——评头论足、讥笑嘲讽。而说得最欢的总是格雷格。他跟女生说德文很危险,让女生躲得远远的,又和男生说德文是个笨蛋。

大家纷纷开始对德文谩骂。"不然呢?"格雷格说,"你太笨了,你能拿我怎么样?你就是个怪物。"

"深呼吸。走开。打球。不要冲动。不要冲动。"德文默念道。

"闭嘴。"少年德文说。

格雷格拿过篮球,得意地笑了:"你妈妈肯定是个怪物。呸,真是恶心!"

德文闭上双眼。他试着忘掉这一切,用了无数个小时,把一切回忆埋葬,放在内心深处紧紧锁住。但为什么他又看见了这一切?为什么?"深呼吸,"他和年少的自己祈求道,"走吧。这一次,走吧。"

"不许这么说我家人。"少年德文说着,逼近了格雷格。格雷格笑道:"什么,你妈妈有多丑?还是你奶奶是头母牛……"

德文实在不记得自己做过什么。格雷格的话很愚蠢——但这不是主要原因。可能是回想起来过去一年自己遭受的奚落,也可能是对自己的体格不满。不管原因是什么,总之,德文失控了。

德文惊恐地看到年少的自己正用尽全力将格雷格推倒在地。格雷格的头重重地撞在地面，发出骇人的声响，他的四肢瘫软，眼睛紧闭，血从嘴角流了出来。其他孩子开始大声尖叫，德文也不例外。他呼叫着寻求帮助，用他的T恤擦拭血液，高喊着寻找老师、救护车，或是他的父母。格雷格遭遇了严重的脑震荡，昏迷了几天，随后的几个月都没来上学。

德文无意间听说，格雷格很可能没命了。德文双膝跪倒在地，眼睛继续盯着眼前的画面。就像他记得的那样，格雷格在地上躺了很久。这一次的确非常严重。德文的确像他人所说的那样危险。他几乎杀了格雷格……就像刚才那样。在那一瞬间，德文被愤怒冲昏了头。一缕烟雾吹过，画面消失了。德文跪倒在中间，羞愧至极。

"这件事情的确很严重。没错，你被冒犯了。但推格雷格是不对的。"

德文转过身，看见巫兹纳德从烟雾中缓缓出现，站在自己身后。

"但如果不能成长，我们又算什么呢？"巫兹纳德问道。

"这是什么地方？"德文自言自语道，他的双眼湿润了，视线模糊了，"你为什么把我带到这里来？"

"实际上，是你把我带到这里来的，"巫兹纳德说，"这个地方属于你。"

"什么意思？"

"这里是你的恐惧，"巫兹纳德说，"你的伤疤。我们目前就在你的伤疤里。魔球里包含着每个人的恐惧，每个人都不一样。不是你平日里的恐惧，不是那种可以轻易感觉到的恐惧。这里的恐惧,是更深层次的恐惧。很少有人真正触碰到内心的恐惧。"

德文凝视着眼前的黑暗。烟雾渐渐散去,什么都没留下。"为什么我能看到这些东西?"

"你最清楚。"

德文试着向前看……试着平息内心的罪恶感。他对这一切太清楚了。"我……我经常想这些。"他嘟囔道。"就是在这一天,你的一切发生了变化。就是在这一天,你放弃了自己。""我做了什么,你都看见了。"德文说。

"我看见一个男孩被推出老远,看见一个男孩让自己失望。没有其他的了。"德文的脑子飞速旋转:"他们说我太危险了。他们不想让我回来。"

"他们因为恐惧才这么说,你根本不应该听他们的话。为什么把自己关起来?"德文沉寂了好久:"因为我相信他们说的。"

"所以你就开始惩罚自己。自我怀疑就像一颗种子,肆意生长、蔓延,直到占领世间万物。自我怀疑让人焦虑,压得人喘不过气。最终,你最害怕的其实是你自己。"

德文低下头,看着自己颤抖的双手。他知道,巫兹纳德说得没错。"你在害怕什么?"巫兹纳德说。

德文犹豫着看向一边。"他们说得没错。"他轻声说道,"我是个坏人,是个危险分子,像头野兽。他们说过所有难听的话,都是对的。"

整个房间似乎都在颤抖。

"你知道吗,"巫兹纳德若有所思地说,"只有好人才害怕变成坏人。如果你从没战胜过恐惧,就永远无法释放真正的潜力。"他把一只手放在德文肩膀上。"格雷格那天的选择很糟糕。你也是一样。余下的生命里,你可以把自己变成一头怪兽,或者你可以把自己变得更强大。"

"但其他孩子……"

"他们已经向前看了,包括格雷格在内。只有你还在寻求原谅。"

德文擦了擦鼻子:"我怎么知道自己……究竟是不是个好人?"

"你爱的人会告诉你答案。不要孤立自己了,德文。从过往中学习,为自己打造一个未来。建立新的友谊,让友谊坚不可摧,你会需要他们的。"巫兹纳德收回自己的手。

"好消息是,你拥有达成目标的力量。我指的可不是你的肱二头肌。"

暗室突然一片大亮,德文再次回到费尔伍德球馆。到处是喊叫声,指手画脚,还有目瞪口呆的脸,但德文根本没有在意。他什么也不想说,只是抓起背包,走向大门。

一点没错。他一直把自己禁锢在那一刻,在那所老学校。自己的回忆好像一座牢笼。或许,他在等待有人带他走出牢笼,为他打破栏杆,告诉他一切都好。但这牢笼,必须从里面才能打开。除了自己之外,没人能为他开锁。

恐惧依然还在——罪恶感、羞耻感、自我怀疑的感觉还在。但至少,德文知道最关键的东西是什么。

还没到胜利的时候。但至少,德文迈出了第一步。

他看到了心魔的样子。现在要做的就是看看自己是否足够强大,从而战胜心魔。

7

关键球

如果你认为有人完美无缺，
就错过了帮助他们的机会。

◆ 巫兹纳德箴言 ◆

第七章 关键球 | CHAPTER SEVEN: THE BIG SHOT

第二天早上,德文深吸了一口气,盯着球馆大门。昨晚他一直在筹备自己的新计划。制订计划总是很简单,但现在要做的,就是坚持到底。

"和一个人问好就行,"他自言自语道,"一个人就行。试试看吧。"

"可以抓住他们,拉过来啊。"有人评论道。

德文吓了一跳。奶奶的车子依然停在自己身后。德文完全忘记了她们还在这里。柯雅在后座上玩着玩具,阳光混杂着烟雾打在头盔上。奶奶靠在车门上,头探出车窗,微笑着。

"你们还在呢。"德文不好意思地说。

"是啊,真是让人吃惊呢,"奶奶回答道,"都这么一把年纪了。过来。"

德文走向车子。奶奶舔了舔满是皱纹的手指,擦了擦德文的下巴。

"你吃起饭来就像个野人。"奶奶用手捧起德文的下巴,"我为你感到自豪。"

"什么?"

奶奶叹了口气,轻轻摇了摇德文的下巴,苦笑起来。

"前方路途仍然很艰难。晚上见。"

说完,奶奶便开车离开了。德文看着汽车绕过街角,一路当啷作响,心里想着"前方路途艰难"究竟是什么意思。奶奶是不是已经知道,自己未来会去向何方了?

德文把问题甩在脑后,走进费尔伍德球馆。竹竿和雷吉正在板凳席上做拉伸运动。德文看了一眼他们,俯身坐下。他对自己承诺过,要主动问别人一个问题,开始一番对话。即便这样会吓得自己魂飞魄散,他还是要去尝试。

"只是还没有准备很好。"他想。

德文拿出球鞋,上场练习投篮。过去 6 天里,他一直在练习上篮,或者回避投篮。但他知道,自己不会投篮这件事,藏不了一辈子。总是要真刀真枪地打比赛……如果能顺利通过训练营的考验。所以,他开始练习投篮。

德文开始练习肘区跳投、三分、罚球。球砸得篮筐铛铛响,击中篮板,或者干脆投了空心球。但德文没有停下来,而是继续出手投篮,直到找到手感。只有在一个位置命中投篮,才会换到下一个位置——有时候,这需要 10 次、20 次的出手。每当德文投篮命中,他便会微微一笑,将自己刚才的动作铭记于心——手指尖的感觉、脚趾的弹跳、手肘的位置,随后继续努力,重复刚才的动作。汗水从德文脸上流下来。

泡椒跑到德文身后,笑了:

第七章 关键球 | CHAPTER SEVEN: THE BIG SHOT

"My boy taking shots
From every side we gots
They not falling yet
But it'll follow and sweat"

> 我的兄弟正练习投篮
>
> 每个位置不停变乱
>
> 虽然眼下命中率不高
>
> 但付出汗水就有回报

"没有之前那么难听了。"拉布嘟囔道。

泡椒双手甩向空中:"我弟弟也喜欢!"

"你就用'变乱'和'投篮'押韵?"拉布说,"别太激动。"

德文哼了一声,继续练习投篮。

"今天练习投篮。"巫兹纳德低沉的声音响起。

"把球放到一边。"

"真是个巧合。"德文心想。巫兹纳德会不会相信,这世界上有"巧合"?他不知道。

德文看看身边,发现整支球队都已经到了。他飞快地把球放在一边,和大家一起围着巫兹纳德站好,自己在圈外徘徊。教授的眼神扫过每个人的脸,像在寻找什么东西。终于,他盯住德文,笑了。

"你的格拉纳比之前更强了,"巫兹纳德说,"是时候和大家分享了。"

巫兹纳德扔给德文一颗球。德文刚接到球,整个球馆便像蜡一样,在脚底下融化开来。漆黑的天空里透出些许蓝色,暗得能看见星星。德文转过身,胃里突然一阵翻腾。身边的空气开始变得冰冷、稀薄。说它稀薄,是因为球队正站在一座螺旋上升的山峰上。顶峰很窄,山峰边缘被削成锋利的线条。德文眼看着脚下的云,霎时屏住了呼吸。对面是另一座山,山顶上有个全新的篮筐。两座山之间足有三米远,中间是万丈深渊。

德文低头看向篮球。巫兹纳德这话什么意思?是他把球队带到这里来的吗?还有格拉纳……自己耳边那个粗鲁的声音也经常说这个词。为什么这一切看上去如此熟悉?

原因你一直都很清楚。

"真的吗?"德文心想。

它正在塑造你的世界。

平静的对话,突然被雷鸣般的一声巨响打断。一块巨石从山峰上破裂,坠入等待许久的云层之中。队员们吓得叫了出来。悬崖上很快出现新的裂缝,快要把整个山峰拽入深渊。德文立马明白了是怎么回事——山峰是一个巨大的沙漏。而接下来的测试,有时间限制。

"我们不是要练习投篮吗,"竹竿说,"也许我们应该去投那个篮筐。"

山峰不断分裂,另一块巨石坠入云间。其他人纷纷看向德文。德文低头看着球,感觉喉头一紧。自己必须投篮了,是吗?

"投篮吧,雨神。"雷吉说。

德文如释重负。把球交给雨神,肯定是最明智的选择,希望

第七章 关键球 | CHAPTER SEVEN: THE BIG SHOT

只要有一个人进球就行。德文把球扔给雨神，注意到雨神比自己颤抖得还厉害。雨神差点儿没接住球，另一块巨石掉了下去。山峰正在飞快坍塌。

雨神举起篮球，双手疯狂地颤抖。他投丢了球，球跌落到两座山之间的万丈深渊里。德文呆呆地看着这一切，不知道现在该怎么办。还没等德文开口发问，篮球便从深渊深处飞起来，径直掉在维恩手里。

"继续投篮！"竹竿说。

大家继续投篮，每出手一次，无论是命中还是偏出，总有一股看不见的力量，把球从山间推上来，落在某双不情愿的手里。轮到德文了，他试着保持冷静，知道自己根本不可能投进，但他能感觉到身后队友期待的眼神，听见石头碎裂的声音，以及队友因为紧张而短促、浅浅的呼吸声。

德文出手投篮，球偏得离谱，引出声声抱怨。他退后几步，远离悬崖。第一轮投篮，只有竹竿命中了。第二轮随即开始，雨神再度投失。

"我不喜欢很高的东西，"阿墙说，"至少不喜欢站在高的东西上面。"

德文再次投丢，球勉强沾到篮筐。第二轮投篮，只有几个人命中。新的一轮开始。雨神投丢；维恩投进；泡椒投丢；雷吉投进。一块巨石掉落山崖。德文又投丢了，这次球砸在篮筐后沿。

"我们死定了。"阿墙说。

德文用手擦了把脸，内心既愤怒又害怕。

"那个什么格拉纳，现在去哪儿了？"他愤怒地想道。

它存在于每次投篮不中里。

又一块巨石从山崖剥离。篮球又一次飞了回来。这一次,雨神的投篮打在篮筐左边偏出。

"加把劲儿啊,雨神!"维恩大喊到。

雨神看上去一脸茫然。拉布投丢,泡椒投进。德文的投篮砸在前筐弹出,自己懊恼得大叫。"这事情我干不了。我不是打球的料。我只是一个小丑,只会失败。太多双眼睛看着我。我就应该在家里呆着。"德文心想。雨神又投丢了。

"不是吧!"雨神的尖叫声在山间回荡。

拉布投篮命中,还没进过的球员只剩下两个人:德文和雨神。雨神投丢;德文也继续投丢。当然,德文肯定会投丢。这是个错误,根本没用。一切都像德文手里的球一样,完全偏离了目标。他曾经想要交朋友,但现在却让大家失望了。

德文甚至能听见大家窃窃私语。

"他永远不可能投进。"

"我们该怎么办?"

"他的投篮根本不靠谱。兄弟,我们要死了。"

罪恶感袭来,重重地压在德文的胃里。他的双眼湿润了。

"这根本不值得,"德文心想,"我还是一个人待着吧。只有我让大家失望了。"

牢笼的栏杆又升起来了。

"好啊!"德文愤怒地想,"别来烦我了!"

没有回音。

第七章 关键球 | CHAPTER SEVEN: THE BIG SHOT

雨神再次投丢。又一块巨石坠落。山峰的体积在极速萎缩，队员就快没时间了。球飞到德文手里，愤怒战胜了羞辱感。"不行，我做不了，也别逼我做。我从来就不应该加入这个愚蠢的西波堕姆狼獾队。"德文快速举起球，什么都没想，篮筐也没看。他只想一切尽快结束。

"等一下！"竹竿突然说道。他飞快地跑过来，示意德文停下。

德文看着竹竿，一脸疑惑。

"呼吸。"竹竿轻轻地说。

德文顿了顿，听取了竹竿的建议。冰冷、稀薄的空气在德文肺部流动。他深吸了一口又一口气，颤抖的双手渐渐冷静下来，怒火平息了。

"把手肘收缩回来。对……特别好，"竹竿继续说着，向德文传授着经验，"投篮出手之后，手继续指向篮筐，抖动手腕，好像把球扔进去一样。"

德文小心地按竹竿的指导去做。竹竿从来没说德文是个失败者，而是在努力帮忙。德文转身面向篮筐，又深吸了一口气，然后出手投篮。

球砸在篮筐前沿，磕在篮板上，掉了进去。德文满心喜悦，猛地拍了拍竹竿的肩膀，差点儿把瘦弱的竹竿拍得掉下去。德文赶紧抓住竹竿的球衣，把他拉回到地面。

"抱歉。"德文嘟囔着。

竹竿笑了："没事。"

球飞回到雨神手里。他站在边上，面对篮筐。又一块巨石掉落。德文意识到，这声音正来自脚下。刚刚命中投篮的喜悦消失了。整座山就要塌了。

"投进它，雨神！"泡椒喊道。

更多的石头碎片掉落山下。

"赶紧啊！"维恩说。

德文脚下的地面开始摇晃，不停翻滚。德文屏住了呼吸。

"投篮啊！"阿墙喊道。

雨神投篮出手，山峰随即解体，向后轰然倒塌。德文甚至感觉到自己的失重。他想要大喊，却什么都喊不出来。他看着篮球向着篮筐的方向飞去，在繁星之间旋转。时间慢了下来，篮球像飞了几小时，随后穿过篮筐中心，把篮网溅起波澜。

一瞬之间，整支球队都回到了费尔伍德球馆。德文满身疲倦，喘着粗气。队友互相击掌庆祝，有的开始亲吻地板。巫兹纳德站在大家面前，疑惑地看着大家。德文看着巫兹纳德，和教练绿色的眼睛相遇。

"欢迎大家回来，"巫兹纳德说，"成为一名伟大的射手，需要具备哪些素质？"

你发现了什么？

德文还在让自己停止发抖。他愣住了："我不知道……"

你又失去了什么？

"想想伟大射手的内心，"巫兹纳德说，"什么东西是他缺少的？"

德文回想山上发生的一切，直到自己终于命中投篮。在那一刻，自己失去了什么？那一刻和之前的投篮，有什么区别？自己

第七章 关键球 | CHAPTER SEVEN: THE BIG SHOT

缺少什么东西?

"恐惧,"这一秒,德文把羞涩抛在脑后,"缺少恐惧。"

"每个伟大的射手,都无所畏惧。如果害怕投丢,害怕被盖帽,害怕输球,就不会想出手投篮。即便出了手,也是急匆匆出手。恐惧会让手肘变形,让手指硬得像石头。这样永远成就不了伟大。我们该如何摆脱恐惧?"

德文意识到,自己害怕的从来不是山峰,而是出手投篮,是让新队友失望,是走向聚光灯。训练让他必须面对一切,无处躲藏。他看明白了这一切。是恐惧为他建筑了一座高山、一座看不见的高山。而看不见是因为德文选择视而不见。

"勇敢面对恐惧。"德文说。

"没错,我们大家都害怕一件事情,就是让朋友失望,"巫兹纳德回复道,"打篮球就是面对恐惧的过程。如果不去面对,就会失败。我们要练习投篮一千次、一万次、两万次。如果都是站在即将倒塌的山上投篮,你就会成为伟大的射手。"

德文看着距离自己最近的篮筐,笑了。他能看见篮筐背后点点繁星。

"今天就到这儿吧。"巫兹纳德说。

巫兹纳德走向距离最近的墙壁,白光一闪,又消失了。雨神走向自己的背包,拿起篮球,径直走向罚球线。

"你在干什么,雨神?"泡椒问道。

"投篮。"雨神说。

雨神脸上严肃、坚定的表情,德文看在眼里。那表情仿佛在说:"我保证,下一次绝不做最后一名。"德文笑了。也许球队的明星球员,也要经历比自己想象中更多的磨难。其他人纷纷拿起球,开始排队练习罚球。德文犹豫了一下,随后加入了大家。队员一个接一个出手投篮,德文走在最后面。

　　他深吸了一口气,出手投篮。生平第一次,他没有想会不会投失。

⑧ 聚光灯

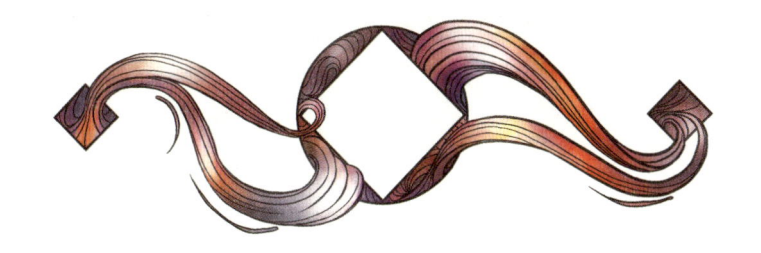

带着目标醒来,

还是在漫无目的中睡去?

◆ 巫兹纳德箴言 ◆

第八章 聚光灯 | CHAPTER EIGHT: THE SPOTLIGHT

德文环顾着更衣室，满心疑惑。这里的卫生间他只用过几次，平日里总是臭不可闻，破旧不堪，没有哪块地方让他敢伸手去碰。但眼下，更衣室却是焕然一新。那块曾经四分五裂的镜子，如今闪闪发亮。白色的水槽一尘不染，脚下的瓷砖透着天蓝色，让人心情沉稳。一夜之间，有人把整个卫生间翻修一新。

有太多谜题值得破解，但现在还不是时候，德文只专注于自己。倒不是注意自己的长相，毕竟这里没人关心他长得帅不帅——他们只在乎打球好不好。刚刚来到费尔伍德球馆时，一切都让他满心欢喜。但现如今，他正在问镜子里的男孩，自己是否会变得更强壮。如果他能记住那座高山和那个暗室，并尝试做一些不同的事情，比如没有恐惧地过一天。德文意识到，这意味着他很有可能失败，比如投丢一连串的投篮，比如说出口的话不有趣，不睿智，也不酷。这是他必须接受的结果。

如果不是因为对结果恐惧，他可以冒这个险。

"走上球场，你就要在球场的任何地方投篮。"他说，"你还要开口说话。打招呼，或者喊出战术都行。你得去尝试。要成为一头野兽。"

镜子里的男孩，说着同样的话。德文觉得，今天的自己看上去更勇敢了一点。

德文再次意识到，正常的孩子可能不用和镜子里的自己说话；可能不用发表长篇大论，给自己鼓气。正常的孩子，不用努力去变得正常；不用对自己保证会开口讲话。德文叹了口气。

"我懂，我也希望能轻松点儿。"他对着镜子里的自己轻声说道。

"你的愿望并不重要，"一个低沉的声音说道，"你为什么努力，这才最重要。"

德文思考着这句话的含义。难道愿望、梦想不是必不可少的吗？镜子里的镜像突然变成一片漆黑，猛地拉住德文，德文一头栽在地上。他尖叫着一路跌落，发现自己站在黑暗之中，惊慌失措地看着四周。灯光打破黑暗，照亮了德文身边的一圈砖墙。砖头、灰浆、各式各样的工具，一片混乱。德文拿起一块砖头，疑惑不解。

"很多人曾经站在这些砖块之间。"

德文转过身，面向这熟悉的声音。巫兹纳德站在德文身后，双手拍拍他的后背。

"事实上，这世界上几乎每个人都是如此。"

德文皱皱眉头，放下手里的砖头："为什么？"

巫兹纳德走过德文身边，指着砖堆后面的一块空地，青草生机勃勃。德文没有多想，急忙跑了过去，跪在地上。

"他们在这里生长，只为一个居所。"巫兹纳德说。

德文抑制不住自己的激动:"那他们找到了吗?"

"没有,"巫兹纳德苦笑了一下,说道,"他们在这里生长,在这里期盼。通常来说,他们希望得到最大的房子、更漂亮的汽车、更好的朋友、更亲密的家庭、更多的钱。"

"从砖头里得到这些东西?"德文皱着眉头问。

"或者其他类似的东西,"巫兹纳德一边回答,一边捡起一块砖头,砖头被大手衬得很小,"他们站在自己需要的东西之间,然后期盼。当然,什么事情都没有发生。"

德文的手指划过青草,草叶掠过手掌,感觉柔软又温暖。他之前从没亲眼见过长得这么健康的草——波堕姆剩下的草早已枯黄,仿佛中了毒。

"他们没有意识到,要把每块砖头垒砌在一起。想要完成未来一年、两年,乃至十年的愿望,必须现在就开始行动。必须打好根基,付出辛劳,让一切坚不可摧。"

德文站起身来,面向巫兹纳德:"但我怎么才能学会筑造?"

"你就是建筑师,"巫兹纳德说,"想象一下你想要的东西。但不要仅仅关注外部,关注表面。要记住,楼板、柱子、坚实的墙壁同样重要。如果把梦想建筑于稻草之上,只要起了风,整个建筑就会瞬间倾塌。"

德文抓起一块砖头,盯着它看:"这些不是真正的砖头,对吧?"

巫兹纳德笑了:"没错,不是。这些代表着每次善良的举动、每个早起的清晨、难眠的长夜、每个反省的瞬间、艰难的抉择。这些代表着你做出的每个决定,用它们来筑造你的梦想。"

巫兹纳德放下砖头,与德文眼神相接。

"筑造梦想的时候到了。只有最坚实的肩膀,才能承受最极限的重量。"

房间突然消失了,德文回到了更衣室。他眨了眨眼,头晕目眩了好一会儿,紧紧抓住水槽保持平衡。他回想着巫兹纳德最后的那些话——听上去好像在警告自己。德文的思绪回到了那些砖头上,回到了那等待建造的房屋上。德文没见过自己的未来是什么样子,但巫兹纳德在帮他寻找。

困难的路途,每一小步、每一次挣扎,每一次挫折,都只为了一次改变,一次要花费远不止一天时间才能完成的改变。

不知为何,这些事情让人感觉心安。德文还有时间,去寻找正确答案。

他走出更衣室,看见其他几个人已经到了。德文清了清嗓,抓着篮球,冲着泡椒、拉布和阿墙点头。

"不错的开始。"德文心想。

他走向三分线,犹豫了一下,出手投篮,球距离篮筐偏了3英尺(约0.91米)。德文叹叹气,飞奔着抓下篮板,继续投篮,又一次差之千里。

"坚持投篮。"他对自己说着,继续抓起篮球。

"你……呃……你想多投三分?"杰罗姆说。

德文挤出一个微笑:"我表示怀疑。"

"好啊,"杰罗姆说,"看上去你是在推铅球之类的。"

德文羞红了脸,转而尝试肘区跳投。球还没出手,球馆的大门轰然打开。雪花如浓烟一般涌入球馆,形成千种形状、千张面孔、千扇通向纯白世界的大门。德文好奇地看着这一切。雪花在球馆中央盘旋,又如烟花一般爆开,随即蒸发得一干二净。

第八章 聚光灯 | CHAPTER EIGHT: THE SPOTLIGHT

德文又闻到了咸味，夹杂在冷风里飘来。

他突然回忆起来，岛屿上有一座山，那里有格拉纳。

"我是在哪儿听过这些事情的呢？"

巫兹纳德走进球馆，大门在身后重重关上。

"我还在做梦吗？"拉布轻声说道。

"梦来得快去得快，"巫兹纳德说着，走向球场中圈，"仿佛一缕烟飘散。问题在于，你是否能够找到梦境的内涵。"

"我有梦，"泡椒说，"人需要做梦。有时候梦想让人前进。"

巫兹纳德看着他："如果没有远见，梦想毫无意义。不要去做梦——而是要立下志向。找到通往梦想的阶梯，一级一级爬上去。选择要正确。如果不用工作，不去牺牲，就能实现梦想，梦想毫无意义也不会给你带来快乐。如果你没有付出辛苦去得到它，你就不算拥有它。不要对不切实际的梦想抱有期望。通往你梦想的道路必定是布满荆棘的。"

必须要给大家看看你的"砖头"。

德文皱皱眉头："我还没和人说话……。"

谁说你一定要说话？

巫兹纳德把背包放在地板上，转身面向球队："面对我站成一排。"

大家急忙列队站好。巫兹纳德审视着球队，眼神扫过每一张脸。

"你们其中3个人已经捉到了魔球。"

德文瞥瞥其他人，惊讶不已。他以为只有自己抓到过魔球。

其他人什么都没说。德文感觉竹竿比平时站得更笔直了，平时快要耷拉到膝盖的肩膀，此刻绷得很紧，人也站在球队的最中间。

"我能看到大家的一些变化，"巫兹纳德继续说道，"其他人必须保持专注。当机会来临时，必须准备好。今天大家主要练习集体进攻。之前已经练习过传球、视野和投篮。但篮球不是一个人的比赛，而是很多人的比赛。"

德文注意到，很多人看向雨神，却不知道为什么。今天早上，雨神看上去闷闷不乐……甚至很伤心。或许即便是雨神这样的球星，也有不愿分享的秘密，想要隐藏的伤疤。

"任何时候，对防守我们的人多去了解了解都是好事。"巫兹纳德说，"充分利用自己身体和速度的优势，但在那之前，我们必须明白整体进攻意味着什么，所以我们要把优势拿掉，创造出条件完全相同的防守者。"

球馆里一半的灯灭了，球队面前的灯依然亮着，怪异地一闪一闪。灯光几乎能把人眼晃瞎，德文举起一只手挡住眼睛。

"我们要学会如何作为一个集体去进攻，"巫兹纳德说，"但首先，我们需要一些防守球员。"

虽然还没看见，但德文已经感觉到，有什么东西在注视着自己。他慢慢转过身，警惕地看过去，倒吸了一口凉气。球馆里剩下的灯发出明亮的光，德文的影子投射在身后，不断变大。影子的双手撑着地板，像是从饼铛里站了起来，吓得德文接连退后。影子站直身子，它精准地复刻了德文的一切身体特征——虽然没有五官，却有着一样方正的脑袋、宽阔的肩膀、粗壮的胳膊。它开始拉伸四肢，做准备活动。

"天呐。"阿墙小声说道。

第八章 聚光灯 | CHAPTER EIGHT: THE SPOTLIGHT

"来看看今天的防守球员吧,"巫兹纳德说,"你们应该对他们很了解。"

德文的影子伸出手。德文不情愿地伸出手,却被影子狠狠捏了一下,指关节差点碎了。德文一脸怒气,急忙把手缩回来。这一刻,双方的力量对比完全相等。德文整条胳膊紧绷着,手指吱吱作响。终于,他的影子点点头,退后几步。

"防守球员,各自落位吧。"巫兹纳德说。

半数的影子向篮筐前方走去,构建起防守区域,另一半则匆忙跑向底线,等待上场。德文的影子坐了"板凳",看上去并不开心,踩着脚后跟走着,跳着,对着空气不住地挥拳。德文的影子……情绪很是激动。

德文走向边线,心里很高兴。首发球员先登场。泡椒气愤地看了巫兹纳德一眼,开始运球。"站成一排,"他有气无力地说。

德文瞥了眼自己的影子。此刻他正站在底线,不耐烦地看着场上的训练,双脚依然跳来跳去。德文揉揉鼻子——今天的事情,可真是奇怪出天际了。还不到30秒,首发球员面对影子强硬的紧逼防守,纷纷败下阵来。竹竿的跳投被一把扇飞,首发球员宣告失败。

"首发替补,调换位置。"巫兹纳德说。

"好嘞,上场吧。"维恩拿过篮球,自言自语道。

德文跑向禁区,影子在那里等待自己。他们互相推挤着占位,影子用尽一切办法推搡德文,动作步调和德文完全一致,让德文没办法接到传球。影子的防守方式,正是德文的父亲教给他的东西——保持侵略性,充分利用身体。一开始,德文任由自己被推来推去,但随后,他的肋骨挨了一肘,怒火随之熊熊燃烧。他对着影子推了回去,双腿扎实站稳。两人在禁区内你争我斗,寸土不让。

德文终于拿到球。他转身面向篮筐,却发现影子紧贴着自己。他没有出手空间,不得已把球传回给外线。来来回回,又是两次无功而返。所有人都被影子逼得恼羞成怒。雷吉突破上篮,球被抢断了。

"首发替补交换。"巫兹纳德说。

首发球员又被防了下来。板凳球员同样未能幸免。一来二去之后,德文已是筋疲力尽,内心恼怒万分。他在禁区周围被推来推去,即便接到传球,也只能遭遇被切走、被抢断的命运。德文完败给了自己的影子。

"喝点水吧。"巫兹纳德说。

德文拿过水壶,一饮而尽。刚刚内线的推挤搏斗,让他疲累不堪。过去的一小时,他感觉自己在摔跤。当然,影子的防守策略非常成功。每次德文想要占位,都非常艰难,以至于终于接到球,已是筋疲力尽。每一次相互的推挤,重心的变化,都分散了德文对于比赛的注意力,消耗着他的体能。

"影子的防守能力,正是你自己的能力。"

德文看向巫兹纳德,他正在大声和球队讲话,眼睛却望向德文。

我需要你成为球队的防守支柱。我需要你变得不可阻挡。

"我需要做什么?"德文心生警惕。

和你的影子所做的事情一样。利用身体,去突破防守。

第八章 聚光灯 | CHAPTER EIGHT: THE SPOTLIGHT

"但是……"

你要让大家知道,怎样在球场上做一只猛虎。防守、进攻,都是一样。

"我们拧成一股绳来进攻,"巫兹纳德大声说,"首先,从简单的聚光灯开始。请各自落位。"

德文看看四周,意识到内心的声音不见了。首发球员重新回到场上,看上去都不太高兴。德文思考着巫兹纳德的话:他能成为球队的防守支柱,成为猛虎,这意味着他要去推搡、封堵、盖帽、控制禁区。也就是说,要像野兽一样打球。

是时候了。

训练重启,但加入了新元素——灯光渐渐昏暗,影子不断变大。这种情况持续到有人跑到空位,聚光灯便会打在处于空位的球员身上。如果球员待在原地不动,或是拿球之后不做动作,聚光灯就会消散。首发球员花了1分钟才明白原理,随后切球和传球的速度越来越快,越来越多的聚光灯打在身上。

"当然,"身后的雷吉说道,"把球场点亮。"

"我没明白。"阿墙说。

"你得跑出空位,"雷吉说着,手指在空气里比画着战术,"看看泡椒——他应该跳出接球。"

泡椒跳出到侧翼,准备接球。聚光灯落在了他身上。

"现在,雨神,"雷吉轻声说道,"空切进来。"雨神照做了,灯光随即点亮,他同样接到了传球。

德文看向雷吉。雷吉眯着小小的眼睛,嘴里念叨着每一次移动、每一个战术。他要求每名球员都跑出空位，自己计算着空切的路线，或是描述着防守人的策略。有那么一瞬间，德文感觉自己身上也有灯光出现。

　　轮到板凳球员上场了。德文比之前更努力。光靠在内线等着抢篮板远远不够，他需要空切到内线，为后卫掩护，即便自己要上提到罚球线，乃至三分线。他需要移动起来，充分利用体重优势，帮助其他人寻找空位机会。

　　防守人毕竟是影子，没有面容，没有声音，没有任何可能触发德文回忆，让德文感到罪恶。于是德文强硬地掩护，把一个又一个影子防守人撞倒在地。影子撞在德文的胸脯上，却被狠狠弹开。德文把所有影子防守人推出进攻线路。球队进而开始围绕德文开展进攻，充分利用他创造的空间。德文甚至不需要碰球，也能帮助球队——只要他把防守人撞开，队友就有空位机会，身上就会有聚光灯照射过来。

　　现在你开始明白了。

　　过了没多久，大家已是大汗淋漓。但随着大家积极跑动，充分沟通，努力创造空位，球队开始得分。在一次次的掩护、空切中，德文的影子愈发沮丧。

　　曾经的德文，以为在球队里打球和在街头打野球是一回事。但显示并非如此。高大的身材是他上场的保证，但并不会让场上的效率更高。他需要聪明地利用身体优势，思考下一步该怎么做，在哪里可以给对手施加压力，在哪里可以为队友拉开空间。

　　又一小时过去了，狼獾队的进攻已是势不可当。就连德文也有几次上篮。他奋力地把影子卡在身后，占据有利位置，抢下篮板。他开始击败他自己——但没了队友的帮忙，没了队友拉开空间，这一切都无从谈起。

终于，巫兹纳德宣布训练结束。他拿出雏菊，放在球场中圈里。

"大家坐下来看，"巫兹纳德说着，和影子们点了点头，"先生们，谢谢你们。"

球场的灯重新亮起来，影子消失了。德文坐在雏菊前面，双腿盘在身前。他已是筋疲力尽，但奇怪的是，他也感到无比满足。他只是沉着地运用着自己的力量，一股不可阻挡的力量。

他能做到。

"攻防两端，我们都是一个集体，"巫兹纳德说，"如果使用'聚光灯进攻'战术，就会更有效率。跟随灯光，迎接灯光，就能战胜任何黑暗。"

"这话用在打球里，有些太沉重了，"壮翰嘟囔道。

"用在人生里刚刚好，"巫兹纳德说，"为什么不用同样的价值观，面对生命中的每件事情呢？"

壮翰沉默了，眼睛继续盯着雏菊。一起凝视雏菊的还有德文，但他很快注意到，球馆有些异样。魔球此刻正在中场附近飘浮，但这一次，他既没听见窃窃私语的声音，也没感觉到寒意。德文知道，这一次魔球不是为自己而来。毕竟，他已经找到自己的暗室了。

"又来了。"拉布说。

7名球员一跃而起，开始冲刺。竹竿、杰罗姆和德文一起，依然坐在地上。3个人眼神相接，相互点头。其他人抓住魔球的时候，没人问过他们关于魔球的事情，或是都发生过什么。德文怀疑，其他人和自己有着同样的感觉：暗室只为自己而建。

"分头行动！"拉布喊道。

拉布依然和大家一起追着魔球。大家跳跃着，奔跑着，身体不时撞在一起。最后，每个人都倒在了地板上。

壮翰筋疲力尽，弯下了腰。"我痛恨这个东西。"他喘着粗气，说道。

终于，魔球放缓了速度，面向雨神，准备来一场一对一挑战。雨神施展出犀利的进攻步伐，捉到了魔球，随即消失了。

德文看看四周，发现就在大家乱作一团时，巫兹纳德已经走了，也带走了雏菊。德文爬起来，伸个懒腰，走向板凳席。泡椒在他旁边坐下。

"拉布和我打了个赌，"泡椒说，"为什么你要在家里学习？"

德文四下看看，大家看上去都在忙。

"保持冷静，正常讲话就行。"他心想。

"我……我更喜欢这样。"德文说。

"噢，"泡椒的声音听起来很失望，"我还猜是因为你爹妈强迫你这么做的。你在家上学多长时间了？我还真不认识哪个在家上学的，感觉有点酷。"

"今年是第四年了。"

"你以前在学校读书吗？"泡椒问道。

"是的。"

"为什么退学？"泡椒身子往德文这边侧了侧，狡黠地问。

德文犹豫了，他不想透露更多细节，但也不想撒谎。

"我……我在那里不太适应。"

"噢，"泡椒看上去有点失望，"没有冒犯你的意思，但你看上

第八章 聚光灯 | CHAPTER EIGHT: THE SPOTLIGHT

去像被开除了。"

德文从板凳底下拿出背包,注意到泡椒依然在看着他。

"老兄,我真希望自己像你一样,"泡椒说,"你的手臂比我的腰都粗。"

德文不安地揉了揉手臂说:"有时候我觉得自己……太壮了。"

"太壮?"泡椒大笑着说,"得了吧,大个子。你知道别人是怎么称呼我的吗?"

"呃……不知道。"

"小虾米、小男孩、小胡子先生……"

德文轻笑了一声。

"呃,我猜最后一个绰号应该跟我的身高无关,"泡椒摸着嘴唇上面一缕缕的绒毛,说道,"关键在于,我没有让这些绰号影响到我。又能怎么样?我是矮,但我仍然打得比他们好。你是头野兽,哥们儿。别管别人怎么说,利用好你的优势。如果别人不尊重你,笑一笑,用篮球说话。"

德文摸摸胳膊,挤出一丝笑容:"是啊……你说得没错。"

"我当然说得没错!很快你就会知道了。"泡椒突然盯住德文,又不停地拍着脑门,"嘿!你还没有绰号吧!"

"我……对,没有。目前来说是这样的。"

泡椒皱了皱眉:"起绰号是我应该做的。我真是没有履行好我的职责。"

"别在乎这个了。"

"不行,不能只有你没有绰号。你看:拉布很懒,活像一只拉布拉多狗。雨神得分能力超强,经常'下起三分雨'。阿墙,就是一堵墙,一直等着上场。这家伙有点儿笨。杰罗姆、雷吉、维恩——他们早就给自己起好绰号了。所以说他们的名字听上去没意思，很烂。壮翰，嗯，这个不难理解吧。雨神管我叫泡椒，因为我有时候爱生气，性格就像泡椒一样辛辣。但我觉得这不是坏事。竹竿瘦得就像……一根竹竿。至于你……好吧，你很高大，像只野兽。不如叫公牛？"

德文尽力掩藏自己失望的情绪，但似乎还是被泡椒看出来了。

"当我没说。"他停顿了会儿，"大帝？"

德文摇摇头，泡椒跟着点点头，依然在玩弄自己的胡子。

"跟你说……我们给你起个绰号，但你必须靠自己证明配得上这个绰号。"

"比方什么？"

"有钱的款爷。"泡椒得意地说，"简称款爷。就好像每次你在低位拿球，都能很轻松地刷卡取款，因为没有人可以阻挡你这个大个子。"

德文不假思索地笑了。泡椒鼓起掌来。

"就叫款爷了！"泡椒说，"冲吧，哥们儿！款爷冲着冠军来了！"

德文坐下来，开始换鞋，嘴里念着自己的新绰号，忍不住笑了。他再也不是孤独一人了。队友希望他留在这里。他是狼獾队的正式队员了。

"款爷，"他轻声念道，"好……这个适合我。"

9

波堕姆的大个子

不要让你对欲望的渴求，
取代你对任何事物的感激。

◆ 巫兹纳德箴言 ◆

"款爷！"泡椒大喊道。

德文转过身，发现泡椒正把球吊传给自己。他高高地接住球——就像泡椒指导的一样，把球举过头顶——猛地转身，用力把球扔向篮筐，擦板投篮，球进。

"这就对了，兄弟，"泡椒比画着假装打开收款台，嘴里说道，"取款啦！"

德文笑了，把球扔回给泡椒。小个子后卫泡椒今天一再坚持，让款爷练习低位进攻。出于某种原因，泡椒让德文感到温暖。他没有任何抱怨。雨神是球队最棒的球员，但泡椒明显是球队的领袖，是发动机。

泡椒抖了抖肩，跳起了舞。

"Cash is a beast
down low he will feast
he may be schooled at home
but on the court, he's the..."

> 款爷真是头猛兽
>
> 低位他肆意享受
>
> 他也许在家里上课
>
> 但场上他绝对……

泡椒停了下来，思考着。

"The mome...lome...hold on
He's schooled at home,
but on the court he will roam
he's the kid with the muscles
he must eat his brussels...
sprouts?"

> 家……洛美……等会儿
>
> 他也许在家里上课
>
> 但场上他绝不缺课
>
> 他虽小却满身肌肉
>
> 甘蓝他照样忍受……
>
> 甘蓝？

泡椒长叹了口气，"显然这不是我最好的作品。"

第九章 波堕姆的大个子 | CHAPTER NINE: THE BIG MAN AT THE BOTTOM

"说得真保守,"拉布说,"等等,你有过最好的作品吗?"

"闭嘴吧你。"

德文抓起篮球,准备练习转身跳投。

"你为什么一直不说话?"拉布一边准备上篮,一边问道。

德文耸耸肩——他从来没有和拉布说过话。和拉布在一起的时候不像和泡椒在一起舒服。拉布似乎比他哥哥泡椒更加喜怒无常,也更安静。

"是啊,"拉布说,"有时候我也这么觉得。对了,泡椒因为输了赌约,不得不一个人打扫我俩的房间一个星期。"他微微一笑,说:"感谢你,没有被开除,或是被父母锁在家里。我知道你太酷了。"

德文听到"酷"这个字,笑了出来……虽然泡椒的赌注没有那么高。

"不客气。"他说。

拉布张开嘴巴,还想继续说下去,却被球馆的另一个声音打断了。

"视野可能带来危险。"

德文看着巫兹纳德走上球场。他注意到,巫兹纳德并没有带自己平时的黑色背包——9天了,这可是第一次。巫兹纳德在场地中央停住,双手背在身后。

"问题在于,我们是选择转身离开,还是勇敢面对?"

球队很快围绕巫兹纳德站好。德文一直在思考刚才那番话的含义。不管是什么,这话听上去总是不太吉利。德文的眼角瞥到了雷吉,见他一直在点头。雷吉是不是知道了什么其他人不知道的事情?德文想起昨天训练时,雷吉在指挥战术时,围绕在他身边的聚光灯。德文开始猜想,雷吉身上肯定有自己不知道的秘密。

"距离训练营结束还有两天,"巫兹纳德继续说,"还有两个人没有抓到魔球。训练营结束之后,我们会回归正常的节奏,一周练三个晚上,直到新赛季开始。训练的内容,就是我们之前反复讨论过的东西,直到一切成为身体的本能。闲暇时间,你们要保持内心专注。阅读,学习,学会看透事物。思想和身体是相互连通的……忽视了其中一个,另一个也不会成功。永远不要停歇。"

"已经放暑假了,"阿墙说,"暑假里不应该学习。"

"内心坚定的人,永远不需要,也不想要休息。大家明天见。"

"今天没有训练吗?"泡椒问道,语气里透着怀疑。

"有啊,"巫兹纳德说着,人向大门走去,"只不过你们不需要我了。"

"我们应该干点儿什么?"雨神说。

巫兹纳德回头看看:"交给你们自己决定。"

巫兹纳德走向大门,狂风依然在呼啸。但这一次,大门重重关上,随后便消失了。进出费尔伍德球馆的唯一通道,眼下也消失了。厚重、泛黄的煤渣砖仿佛在盯着德文,无法穿越,一动不动。

"所以我现在和你们被困在一起了?"那个暴躁的声音说,"啊……这下可有意思了。"

德文退缩了。他都快忘了,费尔伍德球馆里还有另一个幽灵般的声音。

球馆突然吱吱作响。两边较长的墙壁,突然像垃圾压缩机一样,向球馆中心移动。德文环顾四周,看见墙壁向自己滑来。

"你在干什么?"他心想。

"不是我干的，"那个声音说，"但能够活动活动身体总是好的。当然，对你来说就没那么好了。"

"你能让这一切停下来吗？"

"不能。我觉得这是张单程票，去了就回不来了。一会儿估计场面会非常混乱，啊。正是我想要的。"

德文试着把事情想明白。这个测试是不是也有什么窍门？墙砖上没有窗户，没有管道，也没有明显的弱点。想要逃出去，看上去不太可能……肯定有什么其他东西，他们漏掉了一条线索。

"或许应该再试试投篮？"维恩建议道。

德文听着感觉不太对，但还是听从了维恩的建议。每个人都投进一球，德文为了加快速度选择了上篮，但墙壁依然在继续前进。球馆里发出骇人的声响，夹杂着引擎的轰鸣声，看台与地板刺耳的摩擦声，还有球队恐惧的叫喊声。当然，还有德文耳边那个暴躁声音的抱怨。

德文意识到，自己在咬指甲，便放下手，想："现在该怎么办？"

"没用的，"拉布说，"两天前我们练过投篮。巫兹纳德不会让我们做重复劳动的。"

德文试着把身边能找到的东西都堆起来……板凳、背包、看台……他转身面向看台。也许这一次没有窍门了。也许这一次，他们只能活下来。

"我们得让墙停下来。"他说。

德文跑向看台，抓起一角，两条腿像船锚一样扎在地板上，奋力拉动。但他没意识到，看台由一整块钢铁铸成，出奇沉重。德文用尽全力去拉，看台却只移动了数厘米。他一个人做不来。

"来帮忙啊！"他转过身，冲其他人大声喊道。

其他队员赶过来帮忙，有人在前面拽着看台的边角，拉着上面的坐席，有人在后面使劲推着。大家齐心协力，赶在两面墙壁靠得太近之前，把笨重的看台横在了中间。墙壁步步逼近，发出轰隆的声音，大家退后几步。德文焦急地等待着结果。他知道，如果看台这一招不管用，就没有其他办法了。

墙壁继续相互靠近，一阵刺耳的刮擦声响过，看台开始弯曲。

德文一屁股坐在地上，眼看着墙壁不断逼近，一点点将球馆吞噬，将老旧的冠军旗帜从墙上剥离，然后撕成碎片，板凳席同样未能幸免。墙壁越靠越近，德文惊恐地意识到，球队也将和费尔伍德球馆余下的东西一起被压扁。

德文眼看着看台被墙壁压弯，压成造型怪异的金属雕塑。想着自己的骨头、肌腱也将遭遇这一切，德文开始止不住地颤抖。他想起自己的父母、妹妹、奶奶。等到他们发现这一切，会做何反应？德文在这里取得了不小的进步，交到了朋友，做出了勇敢的尝试。接下来将要发生的一切，未免太不公平，毫无理由。

"巫兹纳德！"泡椒敲着墙壁，大声喊道，"帮帮我们啊！有人吗？"

突然有什么东西吸引了德文的注意。一个黑球正在大家头顶飘浮。此时，墙壁已经移动到了底线，丝毫没有停下来的意思。队员们大概只剩下几分钟可以活了。

"我们有人能逃出去啊！"竹竿喊道，"你可以消失，还记得吗？"

"到看台上面去！"拉布喊道。

德文一马当先。他爬上折弯的金属看台，抓住栏杆和座位，向上方的拱起爬去——那是眼下整个球馆的最高点。鞋子在金属表面直打滑,但德文没有停下来,而是把其他队友拉上看台。钢铁制成的看台依然在不断升高,大家站在最高点,摇摇欲坠,活像一群鸽子。

"太远了!"拉布惊恐地说。

墙壁之间的距离只剩下10英尺(约3.05厘米)左右。球馆地板上满是木头和玻璃的碎片,不知是谁的午餐,如今已经成为一团灰色的糨糊。一切事物都被摧毁了。德文想起暗室里的情景,想起巫兹纳德的忠告:

"建立新的友谊,让友谊坚不可摧。"巫兹纳德曾经说过,"你会需要他们的。"

德文想起那堆砖块。他知道,自己梦想中的房子该是什么样子:外表看上去低调扎实,但里面挤满了朋友、队友和家人。如果要建筑这样一座房屋,眼下,或许就是垒砌第一块砖的时候。他知道该做什么。德文伸开四肢,顶住板凳坐席。

"来啊!"他对其他人大喊,"我们来搭个金字塔!"

大家很快明白了德文的意图。竹竿、阿墙、壮翰和雷吉伸开双手,蹲在德文旁边,肩并着肩。脚下的看台依然在不断被压扁。德文用余光看见,阿墙的脸上有泪水滑过,但他仍然坚持站好自己的位置,让其他人爬到自己肩膀上。杰罗姆、雨神和维恩组成了金字塔的第二层,拉布和泡椒爬到第三层。

德文感受着后背上队友的重量,疼得脸都扭曲了。长板凳变形得厉害,德文的胳膊和双腿在不停向下滑动。他必须用尽每一分力量,紧紧抓住座椅,才能保持金字塔的稳定。德文感到压力从四肢传来。他知道如果自己滑倒了,整个金字塔就将坍塌,时间也就到了。德文后背上的每一块肌肉都在颤抖，但他咬紧牙关仍然在坚持。

"快点！"雨神喊道，"抓住它！"

德文听不见拉布和泡椒在说些什么。两扇墙壁之间只有几米的距离，发出火车般的轰鸣声。但德文有自己的任务。他需要完全集中注意力，保持金字塔稳定。德文也曾想过，自己这时候应该哭，但眼泪没有流出来。他保持在金字塔中心，托住上面的队友。即便只是在心里说说，但能够这么说，感觉还是很棒——他的队友、他的朋友。队友的力量弱了下去，德文感到压力陡增，他调动每一块肌肉，保持身体平稳。他成为球队的中心支柱。墙壁越靠越近，伸手就能摸到。德文闭上了眼睛。

德文感到后背上一阵疼痛，听见队友大声高呼——虽然不知道这声高呼是出于快乐、恐惧，还是痛苦。他猜想，有人跳起来拿到了魔球。时间一秒一秒过去，德文等待着最后的结果。

墙壁停了下来。一个声音格外突出：

"狼獾万岁！"泡椒大喊。

大家纷纷开始庆祝。还没等其他人从自己后背上爬下来，德文便迫不及待地喊着："狼獾万岁！"两面墙壁向两边撤离，看台也逐渐恢复了笔直。人形金字塔解体，德文跟着看台回到地面，看着费尔伍德球馆从废墟中重建，感到无比神奇。板凳碎片重新组合到一起，冠军旗帜重新缝好飞到了墙上，大门又出现在墙壁上。但一切都和过去不一样了，一切都闪闪发光，焕然一新。德文笑了。曾经支离破碎的一切，都比过去更好了。

随着墙壁逐渐向两边撤离，看台恢复了笔直，回到原位。破碎的玻璃飞向空中，重新组成两块崭新的篮板。费尔伍德球馆恢复了原样。

球队纷纷走向板凳席，竹竿走在德文旁边。

"你救了我们。"竹竿说。

德文摇摇头："我只是做了该做的。"

"不，"竹竿说，"你保持冷静。你知道自己可能活不下来，但依然选择这么做。只有勇敢的人才敢这样做。虽然你平时不爱说话，但你全心投入。"

德文低头看看自己的鞋子，眼睛出乎意料地湿润了。有太长时间，德文认为自己是个"危险分子"，是个坏人，是个应该关在牢笼里的野兽。但听到刚才的话——他勇敢——让他打消了从前的念头。或许他之前的确做过坏事，但这不代表今后不会做好事。德文意识到，他可以成为球队的支柱，这是他唯一想要的东西。他点点头，转过身去。

"谢谢。"他终于说了出来。

泪水模糊了德文的视线。他用余光瞥了瞥竹竿，看见他笑着走向板凳席。德文紧忙跑向更衣室，想要擦干泪水。他撕下一张厕纸，转身面向镜子，却又停住了。谁在乎他是不是刚刚哭过？他是一个人、一个好人、一个好队友、一个好朋友。这就足够了。

他意识到，自己可以在成为这一切的同时，依然做一头野兽。这是篮球给予他的财富——成为球场上的一头猛虎的机会。

德文看着镜子里的自己，笑了。有那么一秒钟，他看见身上长出了条纹，嘴里多了獠牙。他大笑不已。

他已经等不及新赛季的开始了。

10

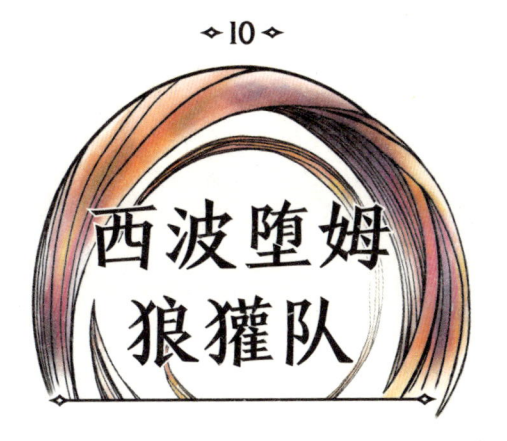

西波堕姆狼獾队

如果你想变得更强,
就要扶起需要被扶起的人。

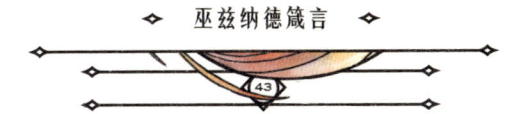

◆ 巫兹纳德箴言 ◆

第二天一早，德文站在球馆大门前。这一次，他要等待奶奶的车子开走之后才打开大门。天气多云，空气比前几天更冷一点。一阵冷风吹过停车场，暗示着秋天就要来了。

德文的10天训练营即将结束。他实现了自己的承诺：用10天时间，试着重新面对这个世界。距离那次发誓，感觉已经过去很久了。德文不是没想过要变回从前的自己，但如今，他感觉焕然一新。

他打开大门，僵住了。球馆不见了，取而代之的是一块空地。他记得这块空地：没有墙壁，没有天花板，只有白色地板上的砖块，另一块空地上长着青草。德文走进空地，关上大门。

他注意到，有几块砖已经在草地上垒砌好了，像是在打地基，不过这根本算不上一面墙，上面只有20块砖的样子，长10块，高2块。德文感到一阵失望。过去10天，自己已经改变了这么多，却只建起这点儿东西？

"开始最为困难。"巫兹纳德出现在草地的另一边，眼睛好像能反射出草地的深绿色,说,"做得越好,过程越慢。"

德文眉头紧皱:"我以为,嗯……我以为我昨天已经打好完整的地基了。"

"如果这么快就能改变自己的话,很容易一败涂地。想要修建一座坚固的房屋,就要小心做好每次选择,做好备选方案,保护房屋的安全。一座坚固的房屋,背后是一百万个微小却无比重要的选择。如果房屋不能承受第一次风暴的侵袭,余下的便毫无意义。风暴就要来了。"

巫兹纳德指了指德文身后,德文转过身。灰色的天空乌云密布,好像要把一切拖入万丈深渊。一片乌云越来越近,里面是电闪雷鸣。风暴还未到来,德文已经感受到冷空气带来的寒意。一阵低沉的声音响起:

"一定要阻止他们。"

"这孩子太危险了。"

"这是什么风暴?"德文低声问道。

"需要运用力量面对的风暴,"巫兹纳德说,"我说的不是肌肉力量。"

德文注视着云层,一张看上去熟悉的面孔出现了。

"我可能认识这张脸——"

"风暴会降临在每个人头上。朋友、家人,都是如此。"

德文呆住了,回到巫兹纳德身边。巫兹纳德身后的天空明亮起来,阳光照射在地平线上,仿佛一场遥远的日出。德文感觉到,一场碰撞很快就要来了。

"我家人有危险吗?"德文问道。

"危机来临时,每个人都有危险。你的房屋准备好承受这一切

第十章 西波堕姆狼獾队 | CHAPTER TEN: THE WEST BOTTOM BADGERS

了吗?"

德文转身面向乌云。他会尽一切可能保护家人。如果这意味着正确抉择,修筑坚固的房屋,他可以做到。至少,他知道该修筑什么东西。他捡起一块砖,放在墙上。

"会准备好的。"德文说道。

巫兹纳德笑了:"那么,欢迎加入球队。"

德文回到了费尔伍德球馆,站在大门的门槛上。他眨了眨眼,逐渐适应了光线,然后四处看去。队友基本都到了,正在球场热身。几个人看向德文,有人向他挥手点头。德文加入了队伍,在主队板凳席上坐下。

泡椒跑了过来,和德文相互致意。

"你好啊,大个子,"泡椒说,"刚才在门口做白日梦呢?"

"差不多吧。"德文回答道。

"是啊,我理解你。昨天太疯狂了,对吧?听听这个——"

"不要!"板凳远端的拉布哼了一声。

泡椒没听他的话:

"Cash money is comin'
flex on him you runnin'
Big as a house
quiet as a mouse
He holds the whole team up
Cash you carry us to the cup"

快快让开款爷驾到

你敢炫耀就等着被打跑

款爷健壮如骏马
款爷安静如老鼠
他扛着球队向上
带着我们勇夺金杯

德文笑了："这歌我喜欢。"

"什么金杯？"维恩说。

泡椒看了他一眼，皱了皱眉头："我也不知道。就是为了押韵吧。"

"集合。"一个低沉的声音说道。

巫兹纳德站在场地中央，背包依然放在身边。

球队围绕巫兹纳德站好。感觉大家今天格外轻松。没有戏剧化的剧情，没有对未知的恐惧。

德文心想，或许其他人也看见了地平线上的风暴。

"你们中，只有一个人没有抓到魔球，"巫兹纳德说，"为什么？"

"因为……你叫我们这么做的？"维恩说道。

"但这是为什么？"巫兹纳德问道，"你找到了什么？"

"恐惧。"雷吉说。

德文点点头。每个人都一样。

"如果这世上只有一件事情能阻挡你前进，那就是恐惧，"巫兹纳德说，"想要赢得胜利，必须战胜恐惧。无论是篮球……还是任何事情。"

"但是……我们做到了，对吧？"壮翰问道。

"恐惧没那么容易战胜，"巫兹纳德回答道，"恐惧还会再度降临，大家要时刻准备。"他打开背包，手伸向里面。"至于今天，我们复习一下这些天学到的东西。"

突然，刮擦声响了起来。

"竹竿……你对训练内容很了解。"巫兹纳德说。

竹竿跑向更衣室，放出老虎卡罗。巫兹纳德的手向背包深处伸去，准备开始另一堂障碍训练课。不断有物品随机从背包飞出来，却纷纷按次序摆放整齐。巫兹纳德仍然在往外掏东西，灯光不停闪烁，队员的影子从身后爬起来。

"哦，好吧。"壮翰嘟囔道。

几分钟之内，球馆里便出现了一条精细复杂的障碍赛道。

"请站成一排。"巫兹纳德说。

大家在雨神身后站好，德文摇动着胳膊放松自己。经过过去几天的训练，经过了视野训练、崩塌的球馆以及一切的一切，他已经准备好继续流汗了。

"我们先从罚球训练开始，先跑圈，等到有人命中罚球再停。练完这一项，接下来是观察雏菊。之后是运球过掉老虎卡罗，然后拿着护垫练习防守。在此之后，我们在黑暗里，用发光的篮球练习'聚光灯进攻'。然后是和影子防守球员对抗。在此之后，是针对弱侧手的训练。训练的最后是投篮，还要揭开另一个小谜题。"

"还会不会有奇怪的事情发生了？"维恩问道。

"奇怪的事情？"

巫兹纳德问道，看上去非常好奇。

维恩叹了口气："当我没说。"

训练开始，10天的内容被浓缩到了1天之内，难度之高超出以往——大家在球馆跌倒，攀爬，和影子较量，被老虎卡罗放倒；格雷格会叫德文怪物；父母见到德文没办法离开房间时失望痛苦的眼神。德文的眼前闪现着一幅幅画面，好像在浓雾里奔跑。

其中一次，德文奔向篮筐，准备投篮。地板突然震动，在德文面前化作一堵墙，然后又裂开，变成一只笼子。德文眼看着笼子不断靠近，遮住灯光，吓得高声大喊。但没人回应，没人来帮他。

是你自己建造了笼子。

他看着四面的栏杆。过去这些年，这些栏杆一直挡在他面前。但这一次，他还有球队。他不会再放弃了。德文突然感到无比愤怒，甚至没有去找钥匙。他咬紧牙关，沉下肩膀，向前方冲刺。

他像攻城锤一样冲破了栏杆，留下一地的木条。德文面前只有篮筐，距离不过 10 英尺（约 3.05 米）远。他深吸一口气，出手投篮，手腕就像竹竿教他的那样朝向篮筐。篮球打在篮筐上，不停旋转，然后掉了进去。

"款爷，"雨神说着，在德文身后出手投篮，"刚才那一下不错。"

德文笑了，跑上前去拿起篮球。

训练结束后，影子防守人消失了，老虎卡罗也走回更衣室。

德文拿起水壶，一饮而尽，隐约听见其他人在身后说话。水从嘴角流到下巴。他想起刚刚冲破的栏杆，又想起这么多年来，自己建造的笼子。能够冲破牢笼，感觉好多了。

"所以你不走了？"那个古怪的声音说道，"我又赌输了。"

"别再拿我打赌了。"德文说。

他听见一声大笑，整座球馆仿佛都在颤抖。

"很好。"那个声音说道。

德文把水壶放在一边，走向球场加入球队。巫兹纳德向球馆大门走去。

"你刚刚说过，我们还有最后一个谜要解？"雨神在巫兹纳德身后大喊。

"没错，"巫兹纳德说，"每个人都有一个。顺便说一句，欢迎加入狼獾队。"

队员开始欢呼庆祝。一阵风吹开大门，巫兹纳德走出球馆，轮廓在阳光里逐渐消散。大家开始走向板凳席，但德文在门口站了好一会儿。一个谜题。或是一个谜语。

"该如何使用自己的力量？"他回想起巫兹纳德提出的问题，自言自语道。

在他看来，这问题所指的并不一定是身体的力量，可以是任何力量。大家会如何对待自己的力量？他回想起过去 10 天的一切，想起老虎、城堡、步步紧逼的墙壁。答案再明显不过了。

他差点笑出了声。

"我们必须运用力量。"他说。

那就开始吧。

德文脱下球鞋，换上干净的 T 恤。大家相继准备就绪，一同站起身来，走向大门。雨神打开大门撑住，阳光倾泻而入。德文想起天空中曾经笼罩的乌云，想起奶奶曾告诫他说前面的路不好走。他不知道还有哪些困难等待自己，阳光背后又是怎样一番情景。但他猜想，一切都不重要了。现在，他是球队的一分子。不管发生什么,他都会和大家一起面对。

　　大家一起走出球馆。德文笑着走在中间,随时准备把队友举起来。